Tango für drei

Maria Nurowska

Tango für drei

Roman

Aus dem Polnischen von
Bettina Eberspächer

Scherz

Die Originalausgabe erschien 1997 unter dem Titel
«Tango dla trojga» bei Wydawnictwo Siedmioróg, Warschau.

Erste Auflage 2000

Mach stumpf du, Zeit, des Löwen Klau! Treib an
zum Fraß der eignen Brut das Element.

William Shakespeare, Sonett XIX

Ich weiß, was geschehen ist. Ich weiß auch, wo ich bin. Ich habe das Auto gesehen, aber trotzdem den Fuß nicht vom Gas genommen. Weshalb nur? Das kann ich mir nicht erklären. Ich habe doch nicht einen Augenblick an Selbstmord gedacht. Warum also? Ich hätte bremsen müssen, um den Wagen auf der Spur zu halten. Das war die einzige Möglichkeit, mich zu retten. Aber das tat ich nicht. Vielleicht, weil ich keine allzu gute Autofahrerin bin oder aber weil ich mich so in meine Rolle eingefühlt hatte, dass ich entschlossen war, sie zu Ende zu spielen, bis zu meinem eigenen Tod.

Ich wollte fliehen, das ist wahr. Ich hatte oft daran gedacht, mich vor ihnen allen, letztlich auch vor mir selbst zu verstecken. Das ist mir nun gelungen. Ich habe ein Versteck gefunden. Meine geschlossenen Lider geben mir ein Gefühl der Sicherheit. Ich höre alles, was um mich herum geschieht, habe alles unter Kontrolle. Ich erkenne die Schritte, weiß, wer zu mir kommt, der Arzt, die Schwester, meine Mutter, schließlich sogar er. Nur ihre Schritte höre ich nicht. Ich werde mein Versteck aufgeben, wenn sie zu mir kommt, nicht früher und nicht später. Sie wird hereinkommen, wird an meinem Bett stehen. Ich werde die Lider heben, wir werden uns in die Augen sehen. Bis dahin muss ich diese schwierigste aller Rollen spielen. Diesmal sind es professionelle Zuschauer – die Ärzte, die meinen Körper unter Kontrolle haben. Sie haben ihn an verschiedene Apparate angeschlossen. Zum Glück hat bisher noch niemand einen Apparat erfunden, der die Seele überwacht. Also bin ich in Sicherheit. Ich muss mich nur vorsehen, dass ich meine Augen nicht bewege, dass meine Lider nicht zittern, wenn jemand in der Nähe ist. Am wichtigsten ist, dass ich wieder spiele. Und dass ich das Gefühl habe, die Rolle und die Zuschauer vollkommen zu beherrschen. Ich dachte schon, das wäre nie mehr möglich, die Angst vor dem Auftritt würde mich nie mehr verlassen.

Von klein auf fühlte ich mich für das Theater bestimmt. Als kleines Mädchen war Theaterspielen meine Lieblingsbeschäftigung. Meine ersten Zuschauer waren meine Puppen. Ich setzte sie nebeneinander aufs Sofa und spielte ihnen etwas vor. Meistens zog ich dafür ein Kleid von meiner Mutter an. Später, als Gymnasiastin, hatte ich bereits die ernste Absicht, mich für die Schauspielschule zu bewerben, und fuhr zu allen wichtigen Aufführungen nach Warschau. Wir fuhren zu zweit – mein Klassenkamerad Darek und ich. In der Kleinstadt, in der wir wohnten, gab es kein Theater, und das in der nächstgrößeren Stadt war nur dem Namen nach eines.

«Mittelmaß», meinte Darek, der sehr streng war in seinem Urteil. Der einzige Schauspieler, den er wirklich schätzte, war Tadeusz Łącki.

«Das ist jemand, den man neben Lawrence Olivier stellen könnte», sagte er, «der Rest ist Mittelmaß.»

Obwohl wir gleichaltrig waren, war Darek eine Autorität

für mich, er erschien mir sehr klug, zumindest klüger als ich. Zunächst verband uns die Begeisterung für das Theater, und später gingen wir miteinander, wie man im Schuljargon sagte. Doch das sah anders aus, als ich es mir vorgestellt hatte. Meine Freundinnen vertrauten mir an, wie ihre Rendezvous verliefen, sie sprachen nicht nur von Küssen, sondern auch von intimeren Annäherungen. Diese Berichte regten meine Phantasie an, aber Darek bekam davon nichts mit. Er schien das Miteinander-Gehen wörtlich zu nehmen, als ein Miteinander-Spazierengehen. Wenn wir zusammen gingen, musste ich fast laufen, um mit ihm Schritt zu halten. Er begleitete mich nach Hause, lümmelte sich auf mein Sofa und begann, mir seine Ansichten über die Welt und die Menschen darzulegen. Es war nicht klar, ob wir nun ein Paar waren. Darek machte mir gegenüber niemals eine persönliche Geste. Er nahm mich nicht in den Arm, vom Küssen ganz zu schweigen. Aber gerade das erwartete ich von ihm.

«Gefalle ich dir eigentlich?», fragte ich ihn schließlich einmal und unterbrach einen seiner Monologe mitten im Satz.

Er sah mich an.

«Wie meinst du das?»

«Na ja…, ich meine, was ich als Frau für dich bin», brachte ich hervor.

«Als Frau?», wiederholte er fast verärgert. «Was sollte ich mit dir anfangen – als Frau!»

Das warf mich vollkommen aus der Bahn. Fast hätte ich angefangen zu heulen.

«Was bin ich also für dich?»

«Du bist du», antwortete er und kehrte zu seinen Ausführungen zurück.

Ich kann heute nicht mehr sagen, ob ich damals in ihn

verliebt war. Er war sicherlich jemand, der mir vertraut war, vertrauter als die anderen Jungen, die ich kannte. Nur mit ihm konnte ich mir eine Szene vorstellen, in der wir beide nackt waren. Ihm hätte ich erlaubt, mich zu berühren. Aber er hatte offensichtlich keinerlei Interesse daran. Nicht einmal während unserer gemeinsamen Fahrten nach Warschau, wenn wir viele Stunden im Zug verbrachten, manchmal allein im Abteil. Schließlich musste ich annehmen, dass Darek fürchtete, sich zu blamieren, dass sein Stolz ihn hemmte; in sexuellen Dingen waren wir beide vollkommen unerfahren. Ich beschloss also, die Sache selbst in die Hand zu nehmen. Wir bereiteten uns auf das Abitur vor, und Darek verbrachte ganze Nächte bei mir. Irgendwann gegen Morgen legte ich das Buch weg.

«Hast du Angst?», fragte ich angriffslustig.

«Ich?»

«Ja, du!»

Wir schauten einander in die Augen.

«Wovor sollte ich denn Angst haben?»

«Mit mir zu schlafen.»

Er machte ein Gesicht, als würde er gleich anfangen zu lachen. Jetzt war ich klüger – oder reifer – als er, und obwohl ich keinerlei Erfahrung hatte, sagte mir mein Gefühl, wie ich mich zu verhalten hätte. Später wussten wir beide, was wir zu tun hatten. Dennoch war ich tief in meinem Innern enttäuscht.

Schritte. Das sind seine Schritte. Er kommt mehrmals täglich. Er setzt sich hin und spricht zu mir. Liebe ich diesen Mann?

Ich wurde in die Warschauer Schauspielschule aufgenommen. Darek schrieb sich in der Philosophischen Fakultät ein. Wir mieteten zusammen eine billige Einzimmerwohnung in einem neuen Viertel unweit der Innenstadt. Alles deutete darauf hin, dass mein Leben nach Plan verlaufen würde. Ich wohnte mit einem Jungen zusammen, den ich später heiraten würde, und bereitete mich auf den Schauspielberuf vor. Auch das war schon seit langem geplant. Aber eines Tages geriet alles ins Wanken. Ich war im dritten Studienjahr. Nach dem Unterricht kam mein Professor auf mich zu.

«Alexandra, ich beobachte dich schon seit einiger Zeit. Was würdest du dazu sagen, wenn ich dir eine Rolle in einem Stück anbiete, in dem ich Regie führe?»

Vermutlich bin ich rot geworden.

«Ich weiß nicht, Herr Professor, ob ich die Fähigkeiten dazu habe.»

«Aber ich weiß es», sagte er entschieden. «Ich brauche deine Frische, deine Begeisterungsfähigkeit.»

Damals wusste ich noch nicht, dass diese Worte mein Schicksal besiegelten.

Dass er mir eine Rolle gab, der ich nicht gewachsen war. Deshalb bin ich jetzt hier.

Aber damals hatte ich keine Ahnung von all dem. Ich stürzte halb ohnmächtig vor Aufregung in unsere Wohnung.

«Darek! Ich habe eine Rolle bekommen! Die Rolle der Irina in Tschechows *Drei Schwestern*! Zygmunt Kmita wird Regie führen!»

«Aber du bist doch noch in der Ausbildung», antwortete er fast unwillig.

Seine Reaktion verletzte mich sehr, ich hatte gedacht, er würde sich mit mir freuen. Zwar hatte ich nicht damit gerechnet, dass er in Begeisterungsstürme ausbrechen würde, aber er hätte auch nicht so tun müssen, als hätte ich irgendwelchen Blödsinn erzählt! Das war schließlich eine große

Auszeichnung für mich! Ich sollte zusammen mit professionellen Schauspielern auf der Bühne stehen und das gleich in einer der Hauptrollen! Freilich kam in den *Drei Schwestern* nur die Irina für mich in Frage, ich konnte ja nicht gut die Anfisa spielen! Es fiel mir dennoch schwer zu glauben, dass ich diese Rolle bekommen hatte, noch dazu von ihm, meinem Professor.

Es gab noch etliche andere Studentinnen im dritten Ausbildungsjahr, die von einer solchen Rolle träumten. Mit vielen von ihnen konnte ich mich, was das Aussehen anging, nicht vergleichen. Um die Wahrheit zu sagen, sie waren alle hübscher als ich. Justyna Kalinowska und Marzenka Bielecka zum Beispiel hatten beide ein sehr schönes Gesicht. Und ihre Figur erst! Das war natürlich nicht das Wichtigste, aber an Talent fehlte es ihnen ebenfalls nicht. Justyna war noch dazu die Lieblingsschülerin vieler Professoren, bei Schulaufführungen wurde sie stets mit der Hauptrolle bedacht. Und nun war Zygmunt Kmitas Wahl auf mich gefallen. Ich hätte an die Decke springen müssen und Darek mit mir. Aber er machte ein Gesicht, als habe er plötzlich Zahnschmerzen bekommen.

«Was ist schon dabei, dass ich noch in der Ausbildung bin?», fragte ich beinahe feindselig und dachte im Stillen, wir verstehen uns nicht mehr so gut wie früher, unsere Wege werden sich trennen.

«Studenten der Technischen Hochschule schlägt man auch nicht im ersten Semester vor, eine Brücke zu bauen, denn eine solche Brücke würde wahrscheinlich einstürzen.»

Ich sah ihn verblüfft an.

«Ich bin aber nicht auf der Technischen Hochschule, sondern auf der Schauspielschule! Und nicht im ersten Semester, sondern im dritten Ausbildungsjahr!»

«Aber du bist Studentin. Noch bist du in der Ausbildung!»

Es war etwas in seiner Stimme, das mir einen Augenblick lang Angst machte. Vielleicht hatte er Recht, vielleicht sah er etwas kommen, von dem ich nichts ahnte? Eine verborgene Gefahr. Er nahm ja wohl nicht an, ich könnte stolpern oder meinen Text vergessen. Vielleicht war es auch ganz einfach Eifersucht, weil für mich mit dieser Rolle der Aufstieg begann, während er noch Student war.

«Du redest so, weil du eifersüchtig bist», sagte ich schließlich.

Er lachte auf.

«Auf wen sollte ich eifersüchtig sein? Auf diesen Wicht?»

Er muss gemerkt haben, dass ich nicht ganz verstand, was er meinte, denn er setzte hinzu: «Dein Regisseur ist ja so weit ganz hübsch, aber er hat einen zu großen Schädel im Verhältnis zu allem anderen. Wie ein Zwerg!»

So hatte er also meine Worte verstanden! Damals bedeutete mir Zygmunt als Mann noch gar nichts, er war ausschließlich mein Professor und Regisseur des Stücks, in dem ich mein Debüt geben sollte.

Ich trat in eine andere Welt ein. Im Hause Prosorow war der Tisch gedeckt. Olga, im dunkelblauen Uniformkleid einer Lehrerin, korrigierte Hefte und ging dabei im Zimmer auf und ab, Mascha, in einem schwarzen Kleid, den Hut auf den Knien, saß und las in einem Buch, und Irina, weiß gekleidet, stand in Gedanken versunken da. Ich stand also in einem weißen Kleid gedankenverloren da und war Irina. Ich fühlte mich vollkommen eins mit ihr, das enge Spitzenmieder legte sich um ihre, nicht um meine Brust, und durch meinen Kopf gingen ihre Gedanken. Die Wirklichkeit trat allmählich in den Hintergrund, und ich wurde immer stärker eins mit der Figur, die ich spielen sollte. Ich ließ keinen Raum, keinen Abstand zwischen mir und ihr, denn niemand hatte mir gesagt, dass das notwendig sei. Ich dachte, man müsse sich vollkommen der Figur, die man zu spielen hatte, hingeben, anstatt ihr nur etwas auszuleihen.

Aus dem Mund der Schauspielerin, die die Olga spielte, einer berühmten Kollegin übrigens, kamen die Worte: «Ich erinnere mich, als sie Vater hinaustrugen, spielte die Musik, wurde auf dem Friedhof Salut geschossen. Er war General, Brigadekommandeur, aber nur wenige folgten dem Sarg. Übrigens, es hat damals geregnet. Stark geregnet und geschneit.»

Als sie verstummte, sagte Irina: «Wozu diese Erinnerungen!»

Sie stand mit dem Rücken an eine Säule gelehnt, und eine nostalgische Stimmung lag in ihrem Blick. «Wozu diese Erinnerungen» – dieser eine Satz, mit einem Seufzer ausgesprochen, veränderte mein ganzes bisheriges Leben, er bewirkte, dass ich das Mädchen, das ich bisher gewesen war, hinter mir ließ. Ich verstand sie nicht mehr. Ich konnte nicht verstehen, warum sie sich so verrückt machte, sich so abhetzte, um pünktlich zu jeder Unterrichtsstunde zu kommen, und hinterher Brot, Quark und Käse kaufte. Und dann der völlig überfüllte Bus. Irina wäre nicht damit gefahren, denn damals gab es solche Busse nicht. Irina wäre auch nicht mit Darek ins Bett gegangen. Ich tat es nun auch immer seltener, schließlich ließ ich es ganz.

«Nein», sagte ich und fing seinen fragenden Blick auf, «ich habe Premiere.»

«Das wird nicht die einzige bleiben», antwortete er.

«Aber es ist die erste, die wichtigste. So wie sie mich jetzt sehen, werde ich für sie bleiben, begabt oder unbegabt!»

«Eben!», rief er aus. «Und das ist dann das Verdienst dieses Wichts!»

«Nenn Herrn Kmita nicht so!», ereiferte ich mich.

«Herr Kmita! Ein mittelmäßiger Schauspieler und ein ebensolcher Regisseur. Er sonnt sich in dem Ruf, den er dort hat, und der beruht wahrscheinlich auf seiner ewig grinsenden Visage.»

«Warum hasst du ihn so?»

Er zuckte die Schultern.

«Ich habe nichts gegen ihn, er soll dich nur in Ruhe lassen.»

«Er hat mir eine Chance gegeben.»

«Er hat sich eine Chance gegeben! Begreifst du nicht, warum er das tut? Er braucht ein neues Gesicht. Er will damit auf sich, auf sein neues Stück aufmerksam machen.»

Jetzt zuckte ich die Schultern.

«Schließlich spielen nur Stars darin mit. Immerhin ist es ein Risiko für ihn, mich, jemanden ohne jede Erfahrung, zu engagieren, ein viel größeres Risiko als für mich.»

«Du bist dumm! Soll doch deine Brücke einstürzen, du willst es ja nicht anders!»

Ich nahm all seine bitteren Worte nicht ernst. Darek benahm sich wie ein eifersüchtiger Mann, und das amüsierte mich ein wenig. Denn was war ich gegen jemanden wie Zygmunt Kmita! Nein, ich idealisierte ihn nicht. Ich hielt ihn auch nicht für einen erstklassigen Schauspieler. Er war als Pädagoge besser als auf der Bühne und wusste genau, worauf es beim Theaterspielen ankam, was nicht hieß, dass er es auch umsetzen konnte. Als Hamlet hatte er mich nicht begeistert, doch er sprach mitreißend über diese Rolle. Wären Dareks bissige Bemerkungen nicht gewesen, hätte ich mir über das Äußere meines Professors keine weiteren Gedanken gemacht. Nach unserem Streit aber sah ich mir

Kmita während der Proben genau an. Er trug einen schwarzen Rollkragenpullover und Struckhosen, die sehr straff um die Taille saßen. Bestimmt verbrachte er viel Zeit damit, seine Figur in Form zu halten. Darüber sprach er auch in Interviews. Er fürchte sich nicht vor dem Tod, akzeptiere ihn als etwas Unausweichliches. Er fürchte sich jedoch vor Gebrechlichkeit, vor dem Verlust der äußeren Form. Also gehe er ins Fitnessstudio und spiele Tennis. Und das sah man. Dareks dummes Gerede störte mich, lenkte mich von dem ab, was mir nun am wichtigsten war. Das war sie, Irina. Ich gab ihr in allem Recht.

Von Mascha sagte sie, sie habe mit achtzehn geheiratet, weil Kuligin für sie der klügste Mensch auf Erden gewesen sei. Und dann war er es nicht mehr. Er war sicherlich ein guter Mensch, aber nicht der klügste. Das ließ sich auch auf mein Leben übertragen. Er war nun nicht mehr der Klügste, mein Freund. Und er war wohl auch nicht mehr mein Freund, denn zu der Welt, in die ich eingetreten war, hatte er keinen Zutritt. Straflos konnte sich darin nur jemand bewegen, der in dieser Welt Regie führte.

«Alexandra, Sie sprechen zu leise, in den hinteren Reihen wird Sie niemand hören können!»

«Aber ich finde, Irina muss leise sprechen», entgegnete ich und versuchte, meine Verlegenheit zu verbergen.

«Dann spielen Sie es auch so», kam die Antwort. «Spielen Sie ihre leise Art zu sprechen laut!»

Das war vielleicht der wichtigste Hinweis, den ich von ihm bekam. Genau so wollte ich die Rolle spielen. Aber spielte ich eigentlich noch? Ich war ja schon Irina.

Der Tag der Premiere kam. Es war seltsam, aber ich hatte kein Lampenfieber. Ich sah die angespannten Gesichter meiner Partner und wunderte mich, dass ich selbst so gleichmütig war. Als ginge mich das alles nichts an, als wäre das nicht ich, die gleich zum ersten Mal in ihrem Leben auf einer richtigen Bühne stehen würde. Mein Auftritt kam – eigentlich war es eher Irinas Auftritt. Der erste Akt, der zweite …

«Nach Moskau, nach Moskau, nach Moskau», sagte Irina.

Und dann sprach sie den Schluss ihres Textes: «Die Zeit wird kommen, da werden es alle erfahren, wozu das alles, wozu all diese Leiden, es wird keine Geheimnisse mehr geben, und bis dahin müssen wir leben …»

Dann in der Garderobe. Ich dachte an nichts. Nicht daran, ob ich gut gewesen war, mittelmäßig oder schlecht. Und nicht daran, wem der Applaus gegolten hatte, die Vorhänge, der erste, zweite, dritte. Der zehnte. Ich musste jetzt mein Theaterkostüm, das weiße Kleid mit dem Spitzenmieder, das mir so vertraut geworden war, ablegen. Dann kam er, der Regisseur.

«Gut gemacht, Alexandra.»

Wir sahen uns an und lächelten. Er hat tatsächlich einen etwas zu großen Kopf, dachte ich träge, gleichsam nur mit der Hälfte meines Gehirns. Und dann kam noch jemand. Ich wusste, es war Adam Jałowiecki, ein angeblich berühmter Kritiker, der für eine wichtige Zeitung schrieb. Die beiden Herren mochten sich anscheinend nicht, denn Kmita begrüßte ihn kühl und ging hinaus.

«Alexandra», sagte der Kritiker, «wenn ich jünger wäre, würde ich vor Ihnen auf die Knie fallen, so verneige ich mich nur. Sie waren die beste Irina, die ich in meinem langen Leben gesehen habe. Mein Kind, Sie haben ein außergewöhnliches Talent, lassen Sie es sich von niemandem verderben. Sie haben ein wenig zu früh angefangen, das ist nun nicht zu ändern. Sie sind gleich in den Theaterhimmel gekommen. Aber der Weg vom Himmel in die Hölle ist hier nicht weit.

Sehen Sie sich vor. Und überlegen Sie sich die Angebote gut. Ich denke, eine Begegnung mit unserem Regisseur ist vorerst genug. Sollte er mehr von Ihnen wollen, dann jagen Sie ihn fort.»

«Er ist mein Lehrer», antwortete ich betreten.

«Das ist ja das Unglück.»

Was will er von mir, warum redet er so, dachte ich unwillig. Es wäre besser, er würde gehen.

«Oh nein», hörte ich ihn sagen, «so leicht werden Sie mich nicht los. Ich bin wie ein Mensch, dem man nach vierzig Tagen in der Wüste ohne einen Tropfen Wasser ein Glas Wein reicht.»

«Da wären Sie schon lange nicht mehr am Leben», sagte ich lachend.

«Also haben Sie mich von den Toten erweckt.»

Ich traute ihm nicht, ich hatte den Verdacht, dass er sich ein wenig über mich lustig machte. Doch am nächsten Tag erschien die Kritik. «Das Stück müßte *Die jüngste Schwester* heißen», las ich. Also ein Erfolg, dachte ich mit Gleichmut. Das ging mich kaum etwas an. Das Wichtigste war, wieder auf der Bühne stehen zu können, denn nur dann war ich wirklich ich selbst.

Meine Mutter ist gekommen. Ola, Oleńka, höre ich sie sagen. Die Ärzte haben ihr gesagt, sie solle mit mir sprechen. Ich bin gemein, dass ich ihr nicht antworte. Ich sollte sie als einzige in mein Geheimnis einweihen. Aber ich kann es einfach nicht.

Jedes Mädchen behält die erste Nacht mit einem Jungen für immer im Gedächtnis. Auch wenn sie sich am nächsten Tag von ihm getrennt hat. Für mich aber war eine andere Initiation wichtig, die ich dank Zygmunt erfuhr. Er hatte mich bei der Hand genommen und auf die Bühne geführt. Ich weiß nicht, ob ich das für ein großes Glück oder für ein großes Unglück halten soll. Jetzt bin ich unglücklich, doch nur deshalb, weil sich alles kompliziert hat und Zygmunt nicht frei war, als ich ihn kennen lernte. Wer weiß, vielleicht würde ich das auch ganz anders sehen, wenn ich sie nicht kennen gelernt hätte, vielleicht aber auch nicht. Ich hatte geglaubt, ein geordnetes Leben zu führen. Aber tat ich das denn nicht? Schließlich liebte mich der Mann, den ich liebte. Aber ich konnte mit ihm nur in der Realität des Theaters glücklich sein, denn dort ist alles Fiktion. Auf der Bühne kann man jederzeit altern und wieder jung werden, das Alter hat keinerlei Bedeutung. Dort musste ich mir also um sie keine Gedanken machen, denn sie hatte die gleichen Chancen wie ich. Und so hing eigentlich alles von ihr ab. Sie hätte aus ihrem Schatten hervortreten können, anstatt regungslos hinter den Kulissen zu stehen und jede meiner Bewegungen zu verfolgen und jedes von mir gesprochene Wort zu kontrollieren. Vielleicht hatte ich deshalb angefangen zu stottern. Ich konnte meine Rollentexte ja fehlerfrei sprechen. Die Rolle Irinas zum Beispiel. Die Vorstellungen waren ausverkauft, obwohl die Zeiten für das Theater nicht rosig sind.

«Sie kommen, um die jüngste Schwester zu sehen», sagte Zygmunt mit einem spitzen Unterton.

Er konnte Jałowiecki nicht vergessen, dass er die Regie mit keinem Wort erwähnt hatte. Als hätte das Stück selbst Regie geführt.

Ich machte mein Diplom und bekam ein Engagement an dem Theater, in dem ich einst Zuschauerin gewesen war.

Ich hatte Erfolg, die Regisseure bedachten mich mit großen Rollen – ich spielte Shakespeares Julia oder das Junge

Fräulein in Wyspiańskis' *Hochzeit**. Ich bekam im Allgemeinen gute Kritiken, jedoch nicht mehr so begeisterte wie nach meinem Bühnendebüt. Jałowiecki ließ mich jedoch nicht im Stich, analysierte scharfsinnig jede meiner Rollen, kanzelte mich manchmal ab, lobte mich jedoch in den meisten Fällen. Zwischen uns entstand so etwas wie Freundschaft, wenn wir uns auch nur in meiner Garderobe sahen. Er kam nach der Vorstellung zu mir, und wir unterhielten uns ein Weilchen. Zygmunt ärgerten diese Besuche, vielleicht weil er spürte, dass Jałowiecki ihn nicht schätzte; jeder Schauspieler braucht schließlich Bewunderung, zumindest aber Bestätigung.

«Lassen Sie sich von denen nicht verrückt machen, Alexandra», warnte mich der Kritiker. «Ein Schauspieler hat eine sehr empfindliche Seele, vergessen Sie das nicht.»

«Ich bin selbst Schauspielerin.»

«Sie! Sie sind eine Göttin», gab er mit einem Lächeln zurück.

Ich wohnte immer noch mit Darek in der engen Einzimmerwohnung, aus unserer Beziehung wurde immer mehr eine Kameradschaft. Es geschah nur noch selten, dass wir zusammen im Bett waren. Aber es kam vor. Wir sahen uns auch nur noch spät abends, wenn ich aus dem Theater kam. Wenn Darek morgens die Wohnung verließ, schlief ich meist noch. Ich fühlte mich ein bisschen einsam. Ich hatte nur wenige Freunde, im Grunde hatte ich gar keine. In der Schauspielschule war ich ziemlich beliebt gewesen und wurde bis zu meinem Debüt auch oft eingeladen. Nach meinem Erfolg war es leer um mich geworden.

---

* Stanisław Wyspiańskis (1869–1907) ist einer der bedeutendsten Vertreter des *Jungen Polen*, d. h. der polnischen Sezession, sein Stück *Die Hochzeit* (Wesele, 1901) ist eines der bedeutendsten Werke dieser Epoche. (A. d. Ü.)

«Das ist normal», sagte Zygmunt. «Freundschaft gibt es hier nicht, hier herrscht Konkurrenz.»

Wir sahen uns recht selten, er arbeitete an einem anderen Theater, und ich ging ja nicht mehr auf die Schauspielschule. Manchmal rief er an, fragte, wie es mir ginge. Doch eines Tages hatte er einen konkreten Grund für seinen Anruf.

«Wir wollen mit den *Drei Schwestern* auf Tournee gehen», sagte er. «In der alten Besetzung. Ich hoffe, du sagst uns nicht ab.»

Das hatte ich nicht vor. Das Stück, in dem ich gerade spielte, lief aus, und meine Theatergage hatte eher symbolischen Wert. Die Reise in die Provinz versprach Geld.

Krankenschwestern gehen über den Flur, nur sie klappern so mit den Absätzen. Sie bleiben vor meiner Tür stehen.

«Das ist die Schauspielerin», höre ich sie flüstern.

«Du kannst laut sprechen, sie hört uns nicht.»

Die Rückkehr zu diesem Stück war wie eine Rückkehr nach Hause. Ich hatte nie ein richtiges Zuhause gehabt, meine Mutter hatte mich allein aufgezogen, sie war ständig überarbeitet. Morgens ging sie in ein Büro, und an den Nachmittagen verdiente sie sich noch etwas als Platzanweiserin in einem Kino dazu.

«Als was fühlen Sie sich», fragte mich der stets wissbegierige Jałowiecki, «als Tochter einer Büroangestellten oder als Tochter der Platzanweiserin des Cinema Paradiso? Das ist sehr wichtig.»

Ich überlegte einen Augenblick.

«Weder noch. Meine Mutter und ich waren wie Schwestern.»

Der Kritiker schnippte mit den Fingern.

«Du weichst mir aus, Kleine, aber ich werde schon mit dir zurechtkommen.»

Ich komme mit mir selbst nicht zurecht, dachte ich. Ich wusste selbst nicht, wer ich wirklich war. Die Rollen kamen und gingen und nahmen jedes Mal ein Stück von mir mit. Stets hatte ich das Gefühl, etwas eingebüßt, verloren zu haben. Und ich war gerade über zwanzig. Was blieb mir für die nächsten Jahre? Ruhe und Harmonie brachte nur die Rolle der Irina in mein Leben. Ich war mit ihr verwachsen, sie war ich, und ich war sie. Als ich so dastand im Hause Prosorow, an eine Säule gelehnt, als sie so dastand und sagte: «Wozu diese Erinnerungen!», kehrte alles an seinen Platz zurück. Auch in unserem Ensemble herrschte eine sehr gute Atmosphäre. Wir nannten uns «Tourneetruppe» und bemühten uns, die recht beschwerlichen Bedingungen auf unserer Reise nicht zu beachten. Wir fuhren mit einem abgewrackten Bus, der vom Theater geliehenen war, übernachteten in Hotels unterschiedlicher Qualität. Durch Balcerowiczs* Reform hatte sich Polen sichtlich verändert, war privatisiert worden, doch die meisten Hotels in der Provinz waren in den Händen des Staates geblieben, und das war zu spüren. Zerrissene Bettwäsche, an den Fenstern Vorhänge in wilden Farben und im Restaurant ungenießbares Essen. Wir ärgerten uns nicht darüber, wir versuchten einfach, es nicht zu beachten. Wenn ich nach der Vorstellung müde ins Hotel zurückkam, riskierte ich kein Vollbad, da mir die Wanne zu schmutzig erschien, sondern nahm stattdessen eine Dusche, wobei ich das halbe Badezimmer unter Wasser setzte.

Es war in einer der Städte auf unserer Tournee. Ich ging zwischen dem dritten und dem vierten Akt in meine Garderobe. Ich setzte mich und erblickte auf der Stuhllehne

* Vizepremier und Finanzminister in den ersten Jahren nach dem Umbruch 1989.

Zygmunts schwarzen Rollkragenpullover. Er trug ihn oft. Offenbar war ihm zu warm geworden, er hatte ihn ausgezogen und hier liegen gelassen. Es war eine Gemeinschaftsgarderobe für das ganze Ensemble.

Ich betrachtete den Pullover und dachte an den Satz im Dialog mit Tusenbach, den ich gleich würde sprechen müssen: «Ich habe kein einziges Mal im Leben geliebt. Oh, wie habe ich von der Liebe geträumt, ich träume so lange von ihr, Tag und Nacht, aber meine Seele ist wie ein kostbarer Flügel, der verschlossen ist und zu dem der Schlüssel verloren ist…»

Fast unbewusst ging ich und berührte den Pullover. Und plötzlich traf es mich wie ein Blitz. Ich liebe ihn ja! Ich liebe diesen Mann schon seit langem, vielleicht schon seit dem Tag, als er mich während der ersten Probe am Kinn fasste, mir in die Augen sah und sagte: «Die *Drei Schwestern* ist ein Stück mit innerer Handlung. Alles geschieht in den Köpfen der Helden. Vor allem aber ist es ein trauriges Stück, voller Sehnsucht und Nostalgie!»

Er warf mir einen warmen Blick zu.

«Verstehen wir uns?»

Ich nickte, und meine zerzausten Haare berührten sein Gesicht. Er verzog komisch die Nase.

Der vierte Akt begann. Ich trat auf die Bühne, doch das Spielen fiel mir sehr schwer. Fast hätte ich meinen Text vergessen, und bei dem Satz: «Ich habe kein einziges Mal im Leben geliebt» dachte ich, das ist nicht wahr, das ist nicht wahr, ich hatte nur Angst, das laut auszusprechen. Als ich in meinem Hotelzimmer war, schaltete ich die Deckenlampe an und stellte mich vor den Spiegel. Ich schaute in mein Gesicht, erforschte es. War es hübsch? Hätte man es in allen Einzelheiten analysiert, wäre es nicht besonders gut weggekommen. Ich hatte große, nussbraune, dunkel eingerahmte

Augen. Meine Nase war weniger interessant, ein wenig zu lang, mein Mund war voll, die Unterlippe ein wenig nach unten gewölbt, dann kam ein spitzes Kinn. Aber irgendwie fand sich das alles zu einem Ganzen zusammen. Mein Glanzstück war mein Haar, es war voll und von Natur aus hell, worum meine Kolleginnen mich beneideten. Meist trug ich es offen, sein Schwung und seine Bewegung bewirkten, dass niemand auf meine Nase schaute. Der Alptraum meiner Kindheit war mein Spitzname gewesen: Pinocchio. Ich hatte mich immer vor diesem so grausamen Märchen, auch vor dem Hampelmann mit der zu langen Nase gefürchtet. Und gerade mit ihm war ich verglichen worden. Aber das war lange her. Jetzt war ich eine erwachsene Frau, stand vor einem Spiegel und fragte mich: Wird mich jemand lieben können? Ein ganzes Jahr verging, bis ich darauf eine Antwort fand. Ich stand vor dem Spiegel und meditierte über mein Gesicht. Man hätte es hübsch nennen können, ebenso gut hätte man sagen können, es sei zwar nicht gerade hässlich, aber doch wenig interessant. Und mein Körper? Er war wohl ebenmäßig geformt. Zygmunt hatte einmal gesagt: «Du hast Beine wie Sophia Loren, aber ihre sind länger, denn sie ist größer als du.»

Er hatte also meine Beine bemerkt. Aber vielleicht hatte er das auch nur im Scherz gesagt.

Er machte gern Scherze. Er war ein Meister der Situationskomik, manchmal übertrieb er auch ein wenig. Aber das wurde ihm verziehen.

Und was wird jetzt, dachte ich ratlos.

Mein Gott, schon wieder meine Mutter. Nun weint sie auch noch!

Wir gastierten noch in einigen Städten und kehrten dann nach Warschau zurück. Meine Kollegen bemerkten meine gedrückte Stimmung und schoben das auf die Übermüdung.

«Wir haben unser Mädchen überanstrengt», sagte Zygmunt besorgt.

Er redete mich auf verschiedene Art an: du, Sie, Mädchen, Kleines … Aber was für eine Meinung hatte er von mir? Ich wusste, was er mir bedeutete, aber ich hatte keine Ahnung, was ich für ihn war. War ich nur seine Studentin? Der Professor und seine Schülerin. War es das? Und vielleicht noch sein Star. Eher sein Werk. Sicherlich glaubte er, er habe mich erschaffen, mich zur Schauspielerin geformt. Zum Glück bekam er nicht zu Ohren, was Jałowiecki über uns sagte: «Die Schülerin ist über ihren Meister hinausgewachsen.» Wahrscheinlich setzte der Kritiker Zygmunts Talent als Schauspieler und Pädagoge aus purer Böswilligkeit herab. Zygmunt aber hatte die Fähigkeit, anderen nahe zu bringen, was er in der Schauspielerei selbst erreicht hatte, was eine große Kunst ist. Ein Gigant wie Łącki war wahrscheinlich als Lehrer schwach. Von ihm konnte man nur lernen, indem man seinem Spiel zusah. Doch das war stets eine Lektion in Demut. Ich hatte ein Stück über Bogusławski* auf Video aufgenommen. Das war seine genialste Rolle. Jedes Mal, wenn ich mir das Video ansah, liefen mir die Tränen über die Wangen.

Ich verspüre mit einem Mal Sehnsucht nach der Welt, von der ich mich so weit entfernt habe. Meine Ferien waren schon lange keine Ferien mehr für mich, ich hatte Angst davor, vor der Stagnation, vor dem Schweigen. Aber wie soll

---

* Wojciech Bogusławski (1757–1829), poln. Dramatiker, Schöpfer des nationalen polnischen Theaters. (A. d. Ü.)

ich dieses Schweigen jetzt brechen? Es sollte doch ein Protest gegen das sein, was mir zugestoßen ist. Aber was ist geschehen? Ich fuhr zu dem Neubau unseres Hauses außerhalb von Warschau, in schöner Umgebung gelegen, Bäume überall. Jetzt ist Herbst, aber im Frühjahr muss es noch schöner sein, wenn dort überall die Vögel singen.

«Zwei Stockwerke unseres Glücks sind fertig», sagte Zygmunt am Telefon. «Ich bringe heute Nachmittag die Möbel, komm also vom Theater gleich hierher.»

So fuhr ich los. Aber ich kam nicht an. Konnte ich es nicht? Oder wollte ich nicht ankommen?

Was bedeutet es, Schauspielerin zu sein? Die Grenzen zwischen der Arbeit, meinem Beruf und meinem Leben verwischten sich immer mehr. Ich floh in meine Rollen, lebte in ihnen und wollte nicht wieder zu dem verschreckten Mädchen werden, das ich einmal gewesen war.

Ich fürchtete mich vor meinen Gefühlen für Zygmunt. Fürchtete mich vor dem Unbekannten. Nicht genug damit, dass ich nicht wusste, wie man einen Mann lieben musste – ich hatte keine Ahnung, wie man einen Mann lieben musste, der fast dreißig Jahre älter war. Aber vielleicht war das auch gar keine Liebe, vielleicht war nur seine Präsenz in meinem Leben so stark? Denn er war noch immer gegenwärtig, auch wenn wir nicht mehr so oft Kontakt miteinander hatten wie damals, als ich noch studierte oder während wir die *Drei Schwestern* probten. Das war wohl der glücklichste Abschnitt in meinem bisherigen Leben. Ich spürte, dass die Rolle der Irina mir entgegenkam, und die anderen spürten das auch. Am wichtigsten aber war, dass Zygmunt es spürte. Ich sah seine aufmerksamen Augen vor mir, so nahe, dass ich die dunklen Flecken auf seiner grünen Iris hätte zählen können. Hatte ich mich vielleicht einfach nur an ihn gewöhnt? Aber wenn es das war, warum fühlte ich mich dann so unglücklich und verloren, warum verstärkte Zygmunts Gegenwart meine Angst noch, anstatt mich zu beruhigen?

«Alexandra, was ist mit dir?», fragte er.

«Ich bin müde. Wenn ich abends vom Theater mit dem Bus nach Hause fahre, wird es immer so spät, manchmal warte ich eine Stunde an der Haltestelle.»

Ich sagte das, um mich irgendwie zu rechtfertigen. Die Busfahrt vom Theater nach Hause ermüdete mich keineswegs, um diese Zeit war der Bus meist leer, ich hatte einen Sitzplatz, und die Haltestelle war zwei Schritte von meiner Wohnung entfernt.

Als ich einige Tage später nach der Vorstellung zur Haltestelle ging, bemerkte ich, dass mir ein Auto folgte. Ich erschrak und beschleunigte meinen Schritt. Das Auto holte mich ein, und da sah ich Zygmunt hinter dem Steuer.

«Kennst du deine alten Bekannten nicht mehr?», scherzte er.

«Was machen Sie hier?», fragte ich.

Obwohl in der Schauspielschule der Brauch herrschte, dass Professoren und Studenten sich duzten, wagte ich das nie, übrigens nicht nur Zygmunt gegenüber.

«Steig ein und frag nicht.»

Ich setzte mich neben ihn und war so aufgeregt, dass ich nicht sprechen konnte. Auch er schwieg. Das Auto stand an der Bordsteinkante.

«Nun?», fragte er schließlich. «Hat es dir die Sprache verschlagen?»

«Warum stehen wir hier?», stieß ich hervor.

«Weil wir die Adresse nicht kennen.»

Und da begriff ich, dass er nur deshalb gekommen war, um mich nach Hause zu fahren. Er hatte ernst genommen, was ich ihm ein paar Tage vorher gesagt hatte. Ein Außenstehender hätte annehmen können, er habe einen Vorwand gesucht, um mich zu treffen. Aber ich weiß, wie es wirklich war. Er hatte einen freien Abend und wollte mich nach Hause fahren. Es war leer auf der Straße, und so dauerte unsere Fahrt gute zehn Minuten. Für mich war sie eine der wichtigsten in meinem Leben.

«Möchten Sie einen Augenblick mit hereinkommen?», fragte ich mutig.

«Das würde ich tun, wenn du mich endlich duzen würdest.»

«Also, kommst du mit herein?»

Er lächelte.

«Ein andres Mal, Alexandra. Ich muss morgen ganz früh nach Łódż. Zu Synchronisationsarbeiten.»

Ich taumelte hinauf. Das war unsere erste private Begegnung, die mit der Arbeit nichts zu tun hatte. Zumindest für mich. Vielleicht war es für ihn etwas anderes: einfach eine nette Geste seiner Studentin gegenüber. In jenem verhängnisvollen Interview, in dem er über unsere Verbindung sprach, bekannte er später: «Dieses Gefühl kam nicht plötzlich, aber es war mir während dieses unklaren Verhältnisses zwischen Lehrer und Studentin lange nicht bewusst.» Lehrer und Studentin … Sicher war ihm diese Rolle zugefallen, mich zu unterrichten, mich zu lehren, wie ich mich auf der Bühne verhalten musste, und später, wie ich mich in der Liebe verhalten sollte. Aber darin erwies ich mich als eine wesentlich schlechtere Schülerin, ich war widerspenstig und bereitete ihm Disziplinschwierigkeiten.

Wird er irgendwann einmal meinen gegenwärtigen Zustand verstehen? Wird er verstehen, warum ich vorerst nicht ins Leben zurückkehren will?

Seit unserem Gespräch vor meinem Haus war ein halbes Jahr vergangen. Eines Tages wurde mir eine Rolle in einem Film angeboten. Die Hauptrolle! Mein Partner sollte Zygmunt Kmita sein. Ich wusste nichts davon, als ich ihn um Rat fragte, ob ich annehmen sollte.

«Aber sicher, was überlegst du noch.»

«Ich habe keine Erfahrung mit dem Kino, ich bin Theaterschauspielerin.»

«Gut, dass du so denkst. Das Kino ist etwas Zweitrangiges, aber wir brauchen es. Das Kino braucht uns nicht, aber wir brauchen es. Es bringt uns Popularität und Geld. Aber dein wirklicher Platz ist das Theater.»

«Ich weiß selbst nicht warum», antwortete ich, «aber ich habe das Gefühl, das Kino wird mir etwas wegnehmen.»

«Das werde ich nicht zulassen.»

Und er hielt Wort. Er war vom ersten Drehtag an an meiner Seite. Und gerade das war das Schlimmste für mich, denn ich wollte nicht, dass er Zeuge meiner Blamage würde. Ich stand vor einer mir gänzlich unbekannten Aufgabe. Hier gab es keine Zuschauer, nur das Auge der Kamera, kalt, beinahe höhnisch. Irgendwo dahinter verbarg sich der Regisseur und beobachtete schweigend mein Spiel. Irgendwann hielt ich das nicht mehr aus und rannte weinend hinaus. Zygmunt kam zu mir.

«Ich sagte doch, ich kann es nicht. Ich eigne mich fürs Theater, aber nicht für den Film.»

«Alexandra, es ist gut.»

«Gut?» Ich konnte mein Erstaunen nicht verbergen.

«Sehr gut sogar.»

Der Film wurde ein Publikumserfolg, die Kritik zeigte sich weniger begeistert. Man erkannte mich jetzt auf der Straße. Ich wurde sogar um Autogramme gebeten. Amüsiert erzählte ich Zygmunt davon.

«Siehst du, hör nur auf deinen alten Professor, damit fährst du nicht schlecht.»

«Du bist nicht alt.»

«Für dich bin ich es sicher. Meine Tochter hat mir von einem alten Mann erzählt, der, wie sich später herausstellte, zwei Jahre jünger war als ich! Und sie ist so alt wie du.»

Seine Tochter. Zum ersten Mal war in unserem Gespräch das Thema Familie angeschnitten worden. Ich wusste, dass seine Frau auch Schauspielerin war, aber vor Jahren ihre Karriere aufgegeben hatte, um sich um ihre beiden Kinder kümmern zu können. Sie hatten eine Tochter in meinem Alter und einen Sohn, der einige Jahre jünger war. Zygmunt liebte sie beide sehr. Er sprach nie davon, aber man spürte es. Außerdem hörte ich ständig Gerüchte über irgendwelche neuen Affären. In der Schauspielschule kursierte sogar der Spruch: «Denk an Verhütung, Kmita geht um.» Das berührte mich damals jedoch nicht. Alles änderte sich an jenem Tag, als ich in der Garderobe jenes Provinztheaters seinen Pullover über der Stuhllehne sah.

Jedes Mal, wenn der Arzt in meinen Verschlag kommt, in diesen Verschlag mit gläsernen Wänden – als man mich hierher brachte, konnte ich gerade noch einen Blick auf meine Umgebung werfen, bevor ich mich zurückzog –, jedes Mal habe ich Angst vor der Demaskierung.

Ich hatte Angst, von Zygmunt demaskiert zu werden, fürchtete, er könnte den Grund meiner schlechten Stimmung herausfinden und sich von mir abwenden. Viele meiner Kolleginnen schwärmten für ihn, er war schließlich ein bekannter Schauspieler und Lehrer und außerdem als Mann attraktiv. Sehr sogar. Böswillige sagten von ihm: der erste

Liebhaber des polnischen Kinos. Einmal machte eine Journalistin ein Umfrage unter den Studentinnen der Schauspielschule und fragte sie nach ihrer Meinung über Zygmunt.

«Er verehrt Frauen», sagte eine meiner Kolleginnen. «Wir spüren das und fühlen uns äußerst wohl in seiner Gegenwart.»

Auch ich fühlte mich so, damals. Und es interessierte mich nicht, ob er verheiratet war. Ich dachte nicht an seine Frau. Das war deshalb umso leichter, als sie auch vor meiner Zeit weder auf der Bühne noch im Film einen Namen hatte. Ich hatte nicht einmal eine Erinnerung an sie. Ich wollte Jałowiecki nach ihr fragen, doch dieser Name... Schließlich fragte ich ihn doch, was er von Herrn Kmitas Frau hielt – als Schauspielerin.

«Elżbieta Górniak war am besten in Peter Weiss' Stück *Die Verfolgung und Ermordung Jean Paul Marats*. Nackt, wie der liebe Gott sie geschaffen hat, stand sie auf der Bühne. Wie eine Statue. Und ich muss zugeben, es war eine vollendete Statue. Die Rolle sah nicht vor, dass sie ihren Mund aufmachen musste.»

«Hatte sie eine schlechte Diktion?»

«Ich kann mich nicht mehr erinnern», antwortete er ausweichend.

Das war alles, was ich über Zygmunts Frau erfuhr. Jałowieckis Bemerkungen durfte man nicht allzu wörtlich nehmen, er war für seine scharfe Zunge bekannt und verunglimpfte gern Leute, die ihm nicht in den Kram passten. Offensichtlich gehörte Elżbieta Górniak nicht zu seinen Lieblingsschauspielerinnen.

Dann folgte unsere zweite Gastspielreise mit den *Drei Schwestern* durch Polen. Und da bestätigte sich unsere Liebe.

«Alexandra, bist du dir ganz sicher?», fragte mich Zygmunt und sah mir in die Augen.

«Seit langem schon. Seit zwei Jahren.»

«Aber das wird schwierig werden.»

«Wir können uns ja im Geheimen lieben.»

Er schüttelte den Kopf.

«Nein. Ich werde meine Familie verlassen. Du sollst meine Frau, nicht meine Geliebte werden.»

Du hast doch schon eine Frau, dachte ich.

Es fiel mir nicht schwer, den Altersunterschied zwischen uns zu vergessen. Zygmunt erschien mir manchmal jünger als meine Altersgenossen, als Darek zum Beispiel, der von eher finsterer Gemütsart war. Er hasste Zygmunt, denn er hatte früher als ich meine Gefühle zu diesem «Wicht», wie er ihn nannte, entdeckt. Schließlich bat ich ihn auszuziehen. Das geschah lange, bevor Zygmunt seinen Platz einnahm. Der erschien an einem regnerischen Tag mit nur einem Koffer in meiner engen Wohnung.

«Meinst du, wir haben hier genug Platz?», fragte ich.

«Was bleibt uns anderes übrig?»

Ich wusste nichts über sein Privatleben außer, dass er verheiratet war und zwei Kinder hatte. Ich wusste nicht einmal, wo er wohnte, und konnte mir nicht vorstellen, wie sein Alltag aussah. Und was er für mich aufgegeben hatte, was er zurücklassen musste. Später, als der Klatsch über uns entbrannte, kam mir zu Ohren, dass er seiner Frau das Doppelhaus im Stadtteil Sadyba gelassen und nur das Auto, einen schon etwas älteren Volkswagen, mitgenommen hatte. Das Auto stand jetzt vor dem Wohnblock, in dem ich die Einzimmerwohnung gemietet hatte, und ich sah jeden Morgen aus dem Fenster, um nachzusehen, ob er noch da war. Er war noch da, wahrscheinlich nur deshalb, weil er, von oben bis unten mit Schlamm bespritzt, nicht mehr den besten Anblick bot. Zygmunt hatte niemals Zeit, ihn zu waschen.

So einfach ist das also, dachte ich. Aber es war ganz und gar nicht einfach, schon bald sollte ich eines Besseren belehrt werden.

Unsere erste Liebesszene spielte sich nachts im Bus ab, auf der Fahrt von Warschau nach Breslau. In unserem Bus, auch ein Volkswagen und nicht mehr der jüngste, war die Heizung ausgefallen. Ich klapperte mit den Zähnen, obwohl ich meine Jacke angezogen hatte.

Zygmunt knöpfte seine auf und sagte: «Komm!»

Ich legte den Kopf an seine Brust, die rauhe Jacke scheuerte ein wenig an meiner Wange, doch das störte mich nicht, den irgendwo in der Nähe schlug sein Herz. Im Bus herrschte Halbdunkel, die anderen Kollegen dösten, ebenso wie wir aneinander geschmiegt, denn dies war die beste Art, sich zu wärmen. Das war für uns alle eine ganz natürliche Sache. Im Theater spielt sich alles auf der Gefühlsebene ab, und mit der physischen Gegenwart der Partner wird anders umgegangen. Schließlich spielt man ständig Küsse und Berührungen, ist ständig einem anderen Körper nahe, das alles hat einen ganz anderen Stellenwert als im wirklichen Leben. Im normalen Leben hat es bestimmte Konsequenzen, wenn man sich an einen anderen Menschen anschmiegt, man muss einen Grund dafür angeben. Hier geschah das alles völlig ungestraft. Einstweilen, wie sich zeigen sollte.

Irgendwann hob ich fast unwillkürlich die Hand und suchte seinen Mund. Mit den Fingern berührte ich seine etwas rissigen Lippen. Sein Herz schien aus dem Takt gekommen zu sein, ich spürte durch die dicke Jacke hindurch, wie es einen Augenblick lang anders schlug. Dann zog ich meine Hand zurück. Mehr tat ich nicht, nur so viel, doch ich wusste, dass er mich verstanden hatte.

Nach unserer Ankunft in Breslau trank ich mit meinen Kollegen aus dem Ensemble in der Theaterkantine Tee und konnte das Glas kaum in meinen klammen Fingern halten. Zygmunt war unterwegs, sprach mit den Leuten von der Technik. Dann gaben wir unsere Vorstellung, die mit großem Beifall aufgenommen wurde, die Leute applaudierten stehend. Und schließlich das Hotel. Ich war es, die zu ihm ins Zimmer ging. Das geschah nach fast sechs Jahren unserer Bekanntschaft, von dem Tag an gerechnet, als wir uns zum ersten Mal sahen oder eher, als wir uns Auge in Auge gegenüberstanden, denn ich hatte ihn ja schon zuvor auf der Bühne gesehen. Er hatte auch zur Kommission bei der Aufnahmeprüfung gehört. Offenbar erinnerte er sich später noch an mich.

«Hast du damals nicht bemerkt, dass ich für die Rolle einer Liebhaberin eine zu lange Nase habe?», fragte ich. «Ich habe mich absichtlich so vor die Kommission gestellt, dass sie kleiner aussah.»

«Ich habe mich an dich erinnert, weil ich finde, du siehst Hanna Schygulla ähnlich.»

«Aber sie ist doch hässlich.»

«Keineswegs. Sie ist sehr interessant.»

«Das sagt man immer, wenn es nichts Positives über das Aussehen zu sagen gibt», antwortete ich etwas enttäuscht.

«Schönheit gibt es nicht», sagte er daraufhin. «Es gibt nur beseelte und leere Gesichter.»

Und was für ein Gesicht hatte sie? Ein beseeltes oder ein leeres? Sie musste eigentlich schon sehr bald in Erscheinung treten. Als ich ihr Zygmunt weggenommen hatte, indem ich mich ihm die ganzen Jahre immer mehr annäherte, hatte sie dem nichts entgegengestellt. Sie wusste nichts von meiner Existenz. Das war jetzt anders geworden. Jetzt existierte ich physisch neben ihm, als zweiter Körper, als seine Geliebte, und das war sehr viel schwerer zu verheimlichen. Und er wollte es auch gar nicht verheimlichen.

«Wie, du willst von zu Hause fortgehen. Was wird deine Frau dazu sagen?», fragte ich ratlos.

«Für mich ist im Augenblick das Wichtigste, was du dazu sagst», antwortete er, und diese Antwort gefiel mir ganz und gar nicht.

Ich konnte mich noch immer nicht an den Gedanken gewöhnen, dass auch er mich liebte und mit mir zusammen sein wollte. Ich machte mir auch nicht klar, welch große Sensation unsere Verbindung selbst in der kleinen Welt des Theaters, in der ständig jemand seinen Partner verließ und sich einen neuen suchte, sein würde. Der Altersunterschied hätte eigentlich auch niemanden schockieren dürfen, es hatte schon einige solcher Paare gegeben, die auch zusammengepasst hatten. Aber hier ging es um Zygmunt. Er hatte seine Frau betrogen, das war für niemanden ein Geheimnis, aber immerhin hatte er dreißig Jahre mit ihr zusammengelebt, als sie heirateten, waren sie beide achtzehn, Studenten der Schauspielschule. Alles hatte sich in denselben Kulissen abgespielt – auch mich hatte er in der Schauspielschule kennen gelernt. Hätte ich ihm kein Zeichen gegeben, wäre ich damals nicht zu ihm ins Hotelzimmer gekommen – es wäre weiter nichts geschehen. Doch er ging so bereitwillig auf mich ein. Ich verstand nur nicht, warum er jetzt seine Frau verlassen wollte. Meinetwegen? Das hatte ich doch gar nicht von ihm verlangt. Es genügte mir, dass er mir nahe war. Und dass er mich liebte. Der Sex berauschte uns. Wir stürzten aufeinander zu, sehnten uns nach einander, wollten zusammen sein. Um jeden Preis.

«Mein Gott, du bist wunderbar, was für eine Haut du hast. Ola, dein Bauch könnte eine Wiege für Dichter sein.»

«Mit einem Gesicht wie die Schygulla», antwortete ich schlagfertig.

«Ich mag dein Gesicht.»

Verheimliche ich nicht etwas? Will ich mir etwas nicht selbst eingestehen? Ich bin hier – wegen eines Unfalls. Aber ich habe ihn ausgenutzt, ihn benutzt, um etwas zu gewinnen. Im *Eingebildeten Kranken* fragt Argan: «Ist es nicht gefährlich, sich tot zu stellen?» Aber ich stelle mich ja nicht tot, ich halte nur meine Augen geschlossen.

Ich war nicht die Einzige, die überrascht war von Zygmunts Entschluss, mich zu heiraten. Doch erst stand noch die Scheidung an. Die ging sehr schnell in beiderseitigem Einverständnis vonstatten. Auch die Teilung des Vermögens verlief ohne Streit. Das Übel begann erst später. Zygmunts Frau änderte plötzlich ihre Meinung und wollte ihre Einwilligung zurückziehen, doch das Urteil war rechtskräftig. Sie nahm das nicht zur Kenntnis, sondern schrieb einen Widerruf, in dem sie erklärte, sie habe nur in die Scheidung eingewilligt, weil ihr Stolz ihr nicht erlaubt habe, um ihren Mann, der sie verlassen wollte, zu kämpfen. Aber es sei ihr alles viel zu schnell gegangen. Jetzt bedaure sie ihren Großmut. Ihre Ehe habe dreißig Jahre bestanden, und man könne sie nicht mit einem Federstrich auslöschen.

«Zygmunt», sagte ich, «wenn ihr so daran liegt, geh nach Hause zurück. Zwischen uns wird sich nichts ändern.»

Er schaute mich nur an.

«Kennst du nicht die Maxime: Man steigt nicht zweimal in denselben Fluss?»

Für ihn war alles so einfach. Der erste Akt war zu Ende,

jetzt begann der zweite: sein Leben mit mir. Das Schlimme daran war, dass es für mich der erste Akt war. Ich hatte eine Rolle bekommen, die ich mir nicht gewünscht hatte; die Arbeit beanspruchte mich so sehr, dass ich keine Zeit hatte, private Pläne zu machen. Ich wusste, dass ich mit Zygmunt zusammen sein wollte, ich begehrte ihn als Mann, aber das hatte nichts mit einer Ehe zu tun. Schon allein bei dem Wort «Ehefrau» fühlte ich mich unwohl. Ich ließ mich von Zygmunt zur Hochzeit überreden, wollte aber um nichts in der Welt einen Ehering tragen. Er trug seinen, ich versteckte meinen in der Schublade. Die ganze Zeit musste ich daran denken, dass seine Frau wollte, dass er zu ihr zurückkehrte. Es war ganz und gar nicht so, wie er es mir dargestellt hatte: dass sie sich in Freundschaft getrennt hatten und auch weiterhin Freunde bleiben würden. Er sah das so, weil er es so sehen wollte. Ich beschloss, die Sache zu klären. Das war natürlich nicht so einfach und grenzte schon fast an Wahnsinn. Denn wie sollte ich vorgehen? Sollte ich zu der ehemaligen Frau meines derzeitigen Mannes gehen und fragen: «Wie fühlen Sie sich jetzt?» Ich wusste nicht einmal, wie sie aussah. Ich wusste nur, dass sie unglücklich war. Und ich war die Ursache dafür.

Eines Tages, als ich morgens keine Probe hatte, fuhr ich in den Lesesaal des Staatlichen Filmarchivs und bat um die Mappe mit den Interviews, die Elżbieta Górniak gegeben hatte, und den Kritiken, die über sie erschienen waren.

«Und die Mappe von Zygmunt Kmita», setzte ich noch hinzu.

«Sie können hier lesen, und es kostet dreißig Groszy pro Umschlag», sagte der ältere Mann mit Brille.

Dreißig Silberlinge, dachte ich.

Ich sah, dass er mich nicht erkannte, und so konnte ich es wagen, auch um Zygmunts Mappe zu bitten. Nach längerem

Warten erhielt ich beide Mappen. Die eine war ziemlich dünn, die andere platzte aus allen Nähten. Ich begann mit der dünnen. Auf den Umschlägen waren die Jahre angegeben, aus denen die Zeitungsausschnitte stammten. Der erste Umschlag in Elżbieta Górniaks Mappe trug die Jahreszahl 1972. Das war fast mein Geburtsjahr. Meine Hand zitterte, als ich die Zeitungsausschnitte herausnahm. Der erste stammte aus einer Illustrierten, das Papier war von schlechter Qualität, und die Photographien sahen aus, als wären sie mit Buntstift koloriert. Der Himmel war sehr blau, der Körper des Models sehr rosa. Ich wunderte mich, wie diese Photos hierher kamen. Das Model trug einen Badeanzug. Es war in unterschiedlichen Posen photographiert. Die Rubrik trug den Titel: «Machen wir uns bekannt». Das Model war – die junge Schauspielerin Elżbieta Górniak. Aber es waren keine Werbephotos, der Text handelte von ihr. Und der Badeanzug? Offensichtlich eine Idee des Photographen. Ich betrachtete sie mit einem seltsamen Gefühl, so als würde ich sie heimlich beobachten. Es gefiel mir nicht, dass sie sich auf solche Photos eingelassen hatte. Umso mehr, als sie nicht einmal verriet, wo sie ihre Ferien verbrachte, sondern nur über ihre beruflichen Pläne sprach. Und über ihren Mann und ihre kleine Tochter. Ich war also jünger als ihre Tochter. «Glauben Sie, Sie können Ihren Beruf mit Ihren häuslichen Pflichten vereinbaren?», fragte die Journalistin. «Das möchte ich», war ihre Antwort. «Ich liebe das Theater, am liebsten habe ich die Rolle des Zimmermädchens Dunjascha im *Kirschgarten* gespielt, eine kleine Rolle. Ich möchte noch mehr spielen, eine größere Rolle aus der russischen Klassik.» In diesen Umschlägen – es gab Pausen von mehreren Jahren, während derer die Presse sie mit keinem Wort erwähnte – war das ganze Leben einer Frau enthalten, die ich nicht kannte, auf deren Schicksal ich aber einen verhängnisvollen

Einfluss hatte. Denn wäre ich nicht, würde ihr Mann zu ihr zurückkehren, und genau das wünschte sie sich. Und dass sie sich sagen konnte, sie habe ihre Karriere für ihre Familie geopfert, auch wenn das ihre eigene Entscheidung gewesen war. «Ich bin wirklich glücklich, dass mein Leben so verlaufen ist. Ich habe mich von der Bühne zurückgezogen, weil ich ein Heim haben wollte. Einen Mann und Kinder.» Als sie das sagte, hatte sie eine Tochter und einen Sohn. Im Laufe der Jahre gab sie noch einige Interviews und kam darin immer wieder auf ein Motiv zurück: Ein Mann und Kinder geben mir das Gefühl der Sicherheit. Zum letzten Mal erwähnte sie das anlässlich einer Fernsehserie, in der sie an Zygmunts Seite spielte. Der jüngste Zeitungsausschnitt, kein Interview übrigens, erstaunte mich abermals. Wieder trat sie in der Rolle eines Models auf. Diesmal erschienen die Photos in einer luxuriös aufgemachten Frauenzeitschrift. Elżbieta Górniak geschminkt, in den modernsten, raffiniertesten Kleidern. In der Sonne, im Regen, unter einem Schirm. Ihr Gesicht glich einer Maske. Sie trug eine seltsame Frisur, hatte Unmengen von Wimperntusche auf den Lidern. Darunter war zu lesen: «Ich tue das, wozu ich Lust habe! Ich ändere mein Leben, gebe ihm einen Kick!» Die Zeitschrift stammte aus dem letzten Jahr. Sie wollte sich zeigen, der Welt beweisen, dass sie noch etwas wert war, auch wenn ihr Mann sie verlassen hatte. Ich gebe meinem Leben einen Kick... Mit einem schmerzlichen Gefühl legte ich die Umschläge in die Mappe zurück. Ich hatte keine Lust mehr, mich jetzt auch noch Zygmunt zuzuwenden. Sein Berufsleben lag in der zweiten Mappe vor mir. Ich löste die Schnur und nahm den letzten Umschlag heraus. Ein Interview, das ich nicht kannte; er hatte es gegeben, als wir noch nicht zusammen waren. Der Journalist fragte: «Für meine Generation waren Sie ein Idol. Damals sah es so aus, als würden Sie ganz hoch aufsteigen. Fühlen Sie sich verantwortlich dafür, dass es nicht so gekommen ist?» Zygmunt: «Was heißt hoch? Ich habe in mehr als hundert Filmen gespielt. Vielleicht ist genau das hoch, zahlenmäßig gesehen.» Der Journalist: «Ich meinte die Qualität.» Zygmunt: «Es ist nicht meine Schuld, dass die meisten dieser Filme nicht gelungen sind. Aber weil ich darin mitgespielt habe, wird mir das Etikett eines Schauspielers von der Stange umgehängt.» Der Journalist: «Werden Sie noch um den ersten Platz kämpfen?» Zygmunt: «Wahrscheinlich nicht.» Der Journalist: «Welche Pläne haben Sie?» Zygmunt: «Ich will mich verlieben, so wie man sich nur in seiner Jugend verlieben kann.»

Als ich auf die Straße hinaustrat, hatte es sich bewölkt und begann zu regnen. Ich spannte meinen Schirm nicht auf und hatte gleich nasse Haare. «Ich will mich verlieben, so wie man sich nur in seiner Jugend verlieben kann.» Ich sollte also sein neues Spielzeug werden, das alte hatte er ins Regal gestellt.

Ein seltsames Gefühl, ohne Kalender zu leben. Ich glaubte, die Situation unter Kontrolle zu haben, zu wissen, wann es Nacht und wann es Tag ist. Und wie lange ich schon hier bin. Aber ich habe mich doch verloren. Ich möchte wohl gerne zurück, aber ich habe ein wenig Angst, ein gewöhnlicher Lidschlag ist für mich eine der schwierigsten Entscheidungen meines Lebens, ähnlich wie meine Entscheidung damals, zu ihr zu gehen.

Die Adresse entnahm ich Zygmunts Personalausweis. Ich fuhr mit dem Taxi, bat aber den Taxifahrer, einige Häuser weiter zu halten. Der Drahtzaun, der kleine, gut gepflegte Garten, die Vortreppe, die Haustür, alles glich den Zäunen,

Gärten, Vortreppen, Haustüren der anderen Häuser der Siedlung. Ich drückte auf die Klingel am Tor und spürte, dass mein Herz wie wahnsinnig schlug.

«Ja, bitte?»

«Ich möchte zu Frau Elżbieta Górniak.»

«In welcher Angelegenheit?»

«Ich bin Alexandra Polkówna.»

«Ich weiß, wie Sie heißen. Ich weiß nur nicht, was Sie wollen.»

«Ich möchte darüber nicht durch die Gegensprechanlage reden.»

Stille, dann ein Summen. Wie lang der Weg war vom Gartentor zur Haustür. Ich erblickte eine Frau in einem schmuddeligen Morgenrock, mit lange nicht gewaschenen Haaren, die am Ansatz deutlich dunkler waren. Ihr Gesicht erinnerte nicht im Entferntesten an das Gesicht jenes jungen Mädchens im Badeanzug und auch nicht an das aus der Zeitschrift für elegante Damen. Es war das Gesicht einer Tragödin.

«War es das, was Sie wollten?», fragte sie scharf.

Sie roch nach Alkohol. Ich schwieg, denn ich wusste auf einmal nicht mehr, was ich sagen sollte. Wie sollte ich ihr erklären, warum ich hergekommen war, wo ich das im Grunde selbst nicht genau wusste.

«Es gibt eine interessantere Rolle für Sie», hörte ich mich sagen und erschrak über meine eigenen Worte.

Sie stürzte auf mich zu und schlug mir mit aller Gewalt ins Gesicht.

Ich wich zur Seite, stieß mit dem Rücken gegen ein Regal, und etwas fiel herunter, mir auf den Kopf. Ich fühlte es warm unter meinen Haaren hervorrinnen. Meine Knie wurden weich, ich setzte mich auf den Boden. Zygmunts Frau beugte sich über mich und half mir beim Aufstehen.

«Eine Vase ist heruntergefallen», sagte sie nun mit einer anderen Stimme.

Sie führte mich ins Bad, half mir, das Blut abzuwaschen. Dann suchte sie in der Hausapotheke ein Pflaster, ihre Hände zitterten.

«Ich ... ich habe nicht Sie geschlagen. Es war Ihre Jugend, die ich geschlagen habe.»

Jetzt bin ich weder jung noch alt. Jetzt bin ich aus meiner Körperlichkeit herausoperiert. Mein Ich – das sind nicht mein Kopf, mein Hände, meine Beine, mein Bauch –, mein Ich, das sind meine Gedanken.

Die Wunde an meinem Kopf blutete. Mir wurde übel. Sie meinte, wir sollten zum Notdienst fahren. Sie zog sich an, setzte eine dunkle Brille auf und ging in die Garage, um den Wagen herauszufahren. Als ich mich neben sie auf den Beifahrersitz setzte, überkam mich ein Gefühl der Unwirklichkeit. Wozu hatte sie die dunkle Brille aufgesetzt? Niemand erinnerte sich mehr an ihr Gesicht.

Im Krankenhaus wurden mir die Haare um die Wunde herum abrasiert. Das Röntgenbild zeigte nichts Beunruhigendes, doch der Chirurg, der mich behandelt hatte, begleitete uns hinaus und sagte zu ihr: «Ihre Tochter sollte ein paar Tage liegen.»

Sie antwortete nichts darauf, ich konnte ihren Blick hinter den dunklen Gläsern nicht sehen.

«Danke für Ihre Hilfe», sagte ich, als der Arzt gegangen war. «Ich bestelle mir ein Taxi.»

Sie konnte mich schließlich nicht nach Hause bringen, das wussten wir beide nur zu gut.

Dieser unglückselige Unfall brachte nicht nur meine Pläne, sondern auch die des Theaters durcheinander, denn in diesem Zustand konnte ich nicht an den Proben teilnehmen. Mein Gesicht war geschwollen, unter meinen Augen erschienen dunkelviolette Flecken. Als Zygmunt mich am Abend sah, erschrak er so darüber, dass er mich gleich zurück ins Krankenhaus bringen wollte. Ich weigerte mich. Dann begann er, in allen Kliniken herumzutelefonieren. Er beruhigte sich erst, als man ihm sagte, dass solche blauen Flecken kein Grund zur Beunruhigung seien.

«Wie ist das denn passiert?», wollte er wissen.

«Mir ist eine Vase auf den Kopf gefallen», antwortete ich wahrheitsgemäß.

«Und wo warst du?»

«Bei einer Bekannten.»

«Bei was für einer Bekannten?»

Bei deiner Bekannten, dachte ich, aber das sagte ich nicht laut.

Eine Woche später kehrte ich an meine Arbeit zurück. Jetzt war ich es, die bei der Probe eine dunkle Brille trug. Die ausrasierte Stelle verdeckte ich mit einem Tuch, das ich mir um den Kopf band. Ein Haarteil wurde für mich angefertigt, denn es konnte keine Rede davon sein, dass meine Haare bis zur Premiere nachgewachsen sein würden. Ich dachte oft an Zygmunts Frau, im Grunde dachte ich ständig an sie. Als ich einmal mit Jałowiecki allein in meiner Garderobe war, fragte ich ihn: «Was war Elżbieta Górniak für eine Schauspielerin?

Diesmal wusste er, warum sie mich interessierte, er lächelte.

«In Mrożeks* *Tango* spielte sie die Ala, das war ihre Rolle.

---

* Sławomir Mrożek, bedeutendster zeitgenössischer polnischer Dramatiker (* 1930).

Ich habe damals selbst geschrieben, Kmita sei der Mann seiner Frau. Er hat sie an Quantität überholt.»

«Ich habe nicht nach ihm gefragt», sagte ich scharf.

«Nein? Ach, Verzeihung.»

Wie wenig mochte ich ihn in diesem Moment. Ich mochte ihn eigentlich gar nicht, obwohl er so freundlich zu mir war.

Und wenn er hierher, zu mir käme? Schließlich sind alle gekommen, die in meinem Leben eine Rolle gespielt haben, meine Mutter, mein Mann, zugleich mein erster Regisseur. Und wo der Regisseur ist, sollte auch der Kritiker nicht fehlen.

Ich konnte auf keinen Fall noch vor der Premiere zu ihr fahren. Und nach der Premiere war es ebenfalls schwierig. Ich kam immer spät abends todmüde nach Hause. Zygmunt musste mir oft die Schuhe ausziehen. Der Unfall mit der Vase hatte mich sichtlich geschwächt. Vielleicht hatte ich auch meinen Enthusiasmus eingebüßt.

«Du besitzt einen so lebensechten Enthusiasmus», hatte Darek immer wieder gesagt. «Ich wünsche dir, dass du ihn dir immer bewahren kannst.»

Aber dieser Enthusiasmus war mir vergangen. Ich weiß nicht weshalb, vielleicht hatte mich meine Erfahrung etwas gelehrt. Das bedeutete keineswegs, dass ich mich vom Theater abwandte, das Theater war noch immer das Wichtigste für mich, es nahm sogar einen immer größeren Stellenwert ein. Stattdessen schrumpfte mein Privatleben. Ich fühlte mich nicht wohl in meiner Ehe, sie war eine Rolle, der ich nicht gerecht werden konnte. Zygmunt machte mir natürlich keinerlei Vorwürfe, wenn ich vergessen hatte, Zucker zu kaufen oder seine Hemden von der Reinigung zu holen, doch ich fühlte mich trotzdem schuldig. Ständig musste ich daran denken, dass er früher eine richtige Ehefrau und ein richtiges Zuhause gehabt hatte. Meine Einzimmerwohnung konnte man kaum als solches bezeichnen. Sein Vorhaben, ein Haus für uns zu bauen, versetzte mich regelrecht in Panik.

«Ein Haus?» Ich sah ihn mit großen Augen an. «Ein Haus?»

«Genau, ein Haus. Unser richtiges gemeinsames Haus.»

«Hast du denn die Kraft dazu?», fragte ich leise.

Wir sahen uns an.

«Ich zähle darauf, dass du mir hilfst.»

«Ich … ich bin so müde.»

Zygmunt lachte auf.

«Du bist zu jung für solche Ausflüchte. Ich könnte das von mir sagen. Aber du – auf keinen Fall.»

Na klar, ich nicht, dachte ich, aber sie hätte vollstes Recht dazu. Nur, dass dich das nicht interessiert. Es interessiert dich nicht, was mit dieser Frau geschieht, mit der du die letzten dreißig Jahre zusammengelebt hast. Wie viele Tage und Nächte sind das – Tausende. Und nun sollen sie keine Bedeutung mehr haben. Man kann sich sagen, dass alles von neuem beginnt – mit jemand anderem. Und wenn die andere Seite das nicht mehr will? Was dann? Sie ist vierundfünfzig, hat also noch ein Stück Leben vor sich. Und was soll sie nun mit diesem Leben anfangen? Die Kinder sind erwachsen, der Mann ist fort.

«Was schaust du mich so an?», fragte er mit gerunzelter Stirn.

Die Idee kam fast gleichzeitig mit dem Angebot, das ich bekam. Mein Theater wollte *Die Kabale der Scheinheiligen* von Bulgakow auf die Bühne bringen, und Brzeski, der Regisseur, wollte mir die Rolle der Armande geben. Er dachte dabei auch an Zygmunt als Molière.

«Die Leute sehen gern Ehepaare auf der Bühne», sagte er.

Ich wusste, was er damit andeuten wollte. Die Zeiten waren nicht rosig für das Theater, und es galt, ein Repertoire zu wählen, das attraktiv für das Publikum war. Daher das Angebot an mich und Zygmunt – in letzter Zeit waren wir in aller Munde. Die allgemeine Neugierde wurde allerdings nicht gestillt, da wir uns weigerten, Interviews zu geben. Und wenn, dann fiel kein Wort über unser Privatleben. Meine Idee war verrückt, aber ich beschloss, sie um jeden Preis in die Tat umzusetzen.

«Haben Sie schon jemanden für die Rolle der Madeleine?», fragte ich Brzeski.

«Ich denke noch darüber nach.»

«Ich habe eine Schauspielerin für Sie.»

«So?»

Zygmunt und er sahen mich gespannt an.

«Ich komme in Ihr Arbeitszimmer», sagte ich.

«Nun, was ist das für ein Angebot, Alexandra?»

Er schaute mich wohlwollend an. Ich spürte, dass er mich mochte. Er hatte schließlich auch keinen Grund, mich nicht zu mögen. Ich machte ihm keinerlei Probleme, kämpfte nicht um eine Rolle, nörgelte nicht, wenn ich eine Nebenrolle zu spielen hatte, war im Allgemeinen pünktlich. Der Unfall mit der Vase hatte unsere Idylle etwas gestört. Aber bald war wieder alles beim Alten.

«Ich muss Sie erst darauf vorbereiten, damit Sie keinen Herzanfall bekommen.»

«So ist das also!»

«Ja, aber das ist es bestimmt wert. Ich denke an Elżbieta Górniak.»

Jetzt, wo ich zwischen Leben und Tod hänge... Kämpfe ich noch um mein Leben? Wie steht es wirklich um mich? Wie bedrohlich war der Unfall? Jetzt erscheint mir meine Idee noch wahnwitziger. Wie ist es mir nur gelungen, sie zu Ende zu führen, alle Beteiligten zu überzeugen? Schließlich grenzte diese Besetzung ans Absurde.

Ich zögerte mit meinem Besuch bei ihr sicher nicht deshalb, weil ich zu beschäftigt war, ich konnte mir einfach eine neuerliche Begegnung nicht vorstellen. Denn was sollte ich ihr sagen? Meine Wunde ist verheilt, aber was ist mit deiner? Ich wusste nun, wie ich ihr helfen konnte. Sie musste auf die Bühne zurück, und ihr Comeback musste spektakulär werden, alle Augen mussten auf sie gerichtet sein. Zygmunt und ich waren durch unsere Verbindung eine Garantie dafür. Das sollte der Sensation das gewisse Etwas geben. Alles andere hing von Elżbieta ab. Ich war überzeugt, dass sie die Rolle der Madeleine wunderbar spielen würde. Und dass diese Rolle der «Kick» sein würde, den sie ihrem Leben hatte geben wollen, und nicht dieser traurige Gedanke, als Model aufzutreten, und auch noch mit dem Kommentar: «Auch eine reife Frau kann attraktiv sein!»

Jetzt brauchte ich nur noch ihr Einverständnis. Ich überlegte, bei wem ich anfangen sollte – bei ihr oder bei Zygmunt. Brzeski hatte sich unerwartet leicht überzeugen lassen.

«Sie war einmal eine ganz ordentliche Schauspielerin», sagte er. «Sie hat unter meiner Regie in einem Mrożek gespielt. Es wäre sogar interessant für mich, mit ihr zusammenzukommen. Schließlich ist einer Czyżewska das Comeback nicht gelungen.»

«Die Czyżewska hat der Alkohol ruiniert. Und die Górniak ist ganz einfach nicht eingespielt. Irgendwo in ihr sitzen die Rollen, bestimmt...»

Was rede ich da, schließlich weiß ich das gar nicht, kann es gar nicht wissen, dachte ich. Aber er gab mir Recht.

«Versuch's», hörte ich ihn sagen.

Die erste Hürde war also genommen. Jetzt war sie an der Reihe. So war es wohl besser. Aber was würde, wenn Zygmunt nicht einverstanden war und ich ihr Hoffnungen gemacht hatte? Wenn er sich weigerte, dann wäre nichts zu machen, dann müsste ein anderer Schauspieler einspringen. Zwei Ehefrauen, die alte und die junge, das wäre eine ebensolche Sensation, fast dieselbe wie zwei Ehefrauen und der gemeinsame Mann. Ihr Einverständnis war wichtiger. Sie musste ich zuerst überzeugen. Also nahm ich ein Taxi und machte mich auf in ein Abenteuer mit unvorhersehbarem Ausgang. Ich klingelte am Gartentor. Niemand meldete sich, obwohl ich wusste, dass Elżbieta zu Hause war, ihr Auto stand in der Garage. Vielleicht war sie nur kurz weggegangen.

Ich beschloss zu warten. Eine Stunde verging. Eine zweite. Ich fror und wollte schon gehen, als sich ein Summen am Gartentor vernehmen ließ. Diesmal sah sie wesentlich besser aus, ihr Gesicht war fast nicht wieder zu erkennen. Vielleicht bewirkte das das sehr sorgfältige Make-up. Hatte ich so lange warten müssen, weil sie sich auf unsere Begegnung vorbereiten musste? Oder sie hatte mein Herumstehen am Tor nicht ausgehalten.

Jałowiecki hatte gesagt, es falle ihm schwer Elżbietas Äußeres zu beschreiben, eigentlich sei sie hübsch, doch ihr Gesicht habe etwas Morbides. Jetzt sah ich ihr Gesicht an, das die Zeit zwar nicht verunstaltet, aber verformt hatte. Das waren zwei verschiedene Frauen, diese über Fünfzigjährige hier und jenes junge Mädchen.

«Wie geht es Ihnen?», fragte sie freundlich und kühl zugleich.

Sie wollte mir damit zu verstehen geben, dass sie mich diesmal nicht so behandeln würde wie bei meinem ersten Besuch. Damals hatte die Situation es verlangt. Wir hatten uns meinem Unfall fügen müssen, und da sie ihn selbst verursacht hatte, musste sie wohl oder übel die Konsequenzen tragen und mich ins Krankenhaus bringen.

«Ich... ich habe Ihnen ein Angebot zu machen, eigentlich nicht ich, sondern Brzeski. Die Rolle der Madeleine in der *Kabale der Scheinheiligen*.»

Sie sah mich verständnislos an.

«Die Rolle der Madeleine», wiederholte ich.

«Sie sind verrückt geworden, gehen Sie bitte!», schrie sie. Ihr Gesichtsausdruck ließ mich befürchten, sie könne mich erneut schlagen.

Unwillkürlich verbarg ich den Kopf in den Armen. Das war ihr offensichtlich peinlich.

«Trinken Sie einen Tee mit mir?», fragte sie nun in einem völlig anderen Ton.

«Gern», antwortete ich bereitwillig.

Als sie in die Küche gegangen war, schaute ich mich im Zimmer um. Eine Anrichte, ein Tisch, ein Sofa, in der Ecke ein Fernseher. Eine Inneneinrichtung wie in unzähligen anderen Wohnungen, unpersönlich. An den Wänden die Reproduktion von Picassos Bild *Mädchen mit Taube*. Eine Reproduktion, etwas Totes. So etwas würde ich niemals in meinem Haus aufhängen..., wenn ich eines hätte. Ich war gegen ein Haus, aber Zygmunt wollte mich mit aller Gewalt glücklich machen.

Sie kam mit zwei Tassen und einer Zuckerdose auf einem Tablett zurück. Eine der Tassen stellte sie vor mich hin.

«Ich könnte nicht mehr auf der Bühne stehen», sagte sie mit Resignation in der Stimme.

«Das vergisst man nicht.»

«Woher wollen Sie das wissen?»

Eine berechtigte Frage. Ich war eine junge Schauspielerin am Anfang ihrer Karriere, während sie wer weiß wie viele Theatersaisons hinter sich hatte, bevor sie sich endgültig zurückzog. Ich konnte nicht wissen, welchen Preis man für einen solchen Rückzug bezahlen musste. Ich hätte das Theater nicht aufgeben können, es war mein Lebensinhalt. Sie hatte sich für etwas anderes entschieden, für das Privatleben, das ich unwillentlich zerstört hatte. Vorher war sie ausschließlich jemandes Frau gewesen, jemand ohne Gesicht, Ehefrau des Schauspielers Zygmunt Kmita. Nun stand ich zwischen ihnen. Hätte ich gewusst, dass sie nicht in die Scheidung einwilligen würde, hätte ich niemals zugelassen, dass er sie verlässt. Aber er hatte es getan. Für mich. Also glaubte ich, ihr etwas schuldig zu sein. Und sei es die Rolle der Madeleine…

«Frau Górniak», begann ich, vielleicht etwas zu laut, denn sie sah mich verstört an, «Sie haben schließlich selbst einmal gesagt, Sie würden gern etwas aus der russischen Klassik spielen.»

«Woher wissen Sie das?»

Verlegen suchte ich nach einer Antwort. Schließlich konnte ich nicht zugeben, dass ich mich als Amateurdetektivin betätigt hatte und in den Lesesaal des Staatlichen Filmarchivs gegangen war, um dort in ihrer Vergangenheit zu wühlen und so Zeuge ihrer beruflichen, aber auch persönlichen Katastrophe zu werden. Denn der Familienmythos, den sie selbst geschaffen hatte, war mit Zygmunts Fortgang ins Wanken geraten.

«Dieser Kritiker – Jałowiecki – sprach einmal davon…»

«Und woher will er wissen, was ich wollte und was nicht. Er hat mich niemals mit seinen Ansichten beehrt.»

«Er hat doch über Ihre Rolle im *Tango* geschrieben.»

Sie schaute mich aufmerksam an, ihr Blick war misstrauisch.

«Davon hat er so mir nichts, dir nichts, mit Ihnen gesprochen? Worum geht es hier eigentlich? Was wollen Sie von mir? Vielleicht bereitet es Ihnen Vergnügen, jemanden zu sehen, der verloren hat.»

«Noch ist ungewiss, wer verloren hat», sagte ich leise und senkte den Kopf.

«Als Frau werde ich wohl nicht mehr gewinnen», antwortete sie traurig.

«Aber vielleicht als Schauspielerin. Das zieht andere Siege nach sich. Auch der Sex liebt die Sieger.»

Zygmunts Frau wurde rot, ich wohl auch.

«Sie sind eine unverschämte Person! Wie können Sie es wagen, solche Dinge zu sagen. Hierher zu kommen und Unsinn zu reden!»

«Das ist ganz und gar kein Unsinn. Ich glaube, ich weiß, dass Ihr Leben sich ändern könnte.»

«Es hat sich bereits geändert.»

«Es wird sich noch einmal ändern.»

«Wenn ich die Madeleine spiele?»

«Ja.»

«Können Sie mir das garantieren?»

«Ja.»

Sie brach in ein scharfes, unangenehmes Lachen aus.

«Wir spielen hier gerade eine Farce.»

Ich schluckte, als hätte ich die Absicht, eine lange Rede zu halten, und sagte dann nur: «Ich lasse Ihnen den Text da, überlegen Sie es sich und setzen Sie sich mit dem Regisseur in Verbindung. Er erwartet Ihren Anruf.»

Auf ihrem Gesicht zeichnete sich Panik ab.

«Und die restliche Besetzung?», fragte sie.

«Ich werde die Armande spielen. Und der Molière … ist noch nicht besetzt.»

Ich konnte ihr nicht die ganze Wahrheit sagen. Sie hatte den Teil, den ich ihr enthüllt hatte, noch nicht akzeptiert.

«Sie und ich … Mutter und Tochter … Der Arzt beim Notdienst hat uns schon so genannt», sagte sie langsam. «Oder anders, zwei Schwestern und die beiden Frauen Molières.»

«Madeleine war nicht seine Frau», berichtigte ich.

«Aber sie war seine Geliebte und vielleicht auch die Mutter seiner Tochter, die er geheiratet hat. Das ist Inzest … Wenn ich mich entschließen würde, diese Dame zu spielen, würde das auch an Inzest grenzen.»

Ich stand auf und ging in Richtung Tür.

«Wir sind beide Schauspielerinnen, und es zählt nur das Resultat. Das, was auf der Bühne zu sehen ist.»

«Für Sie.»

«Und Sie sollten auch so denken. Auf Wiedersehen!»

Ich rannte aus ihrem Haus hinaus.

Am Abend, als Zygmunt nach Hause kam, war mir mein Besuch bei Elżbieta peinlich – anders als beim ersten Mal, als ich mein Vorgehen mit einer Prellung bezahlt hatte. Und diesmal hatte ich nicht nur etwas tun wollen, was ihm ganz sicher nicht gefallen würde, nämlich seine Frau auf die Bühne zu bringen, ich war auch noch der Überzeugung, dass er seine Rolle abgeben müsse, wenn er nicht mit Elżbieta spielen wolle. Ich hatte ihn heimlich beobachtet. Eigentlich passte er ganz und gar nicht in diese Rolle, er hatte ein zu «modernes» Gesicht. Er hätte eher einen Geschäftsmann spielen können. Aber den hatte er schon gespielt, allerdings nicht sehr gelungen. Die Kritik hatte den Film verrissen. Schuld daran war das Drehbuch. Die Idee, einen Menschen darzustellen, der sich von unten hocharbeitet, das große Geld macht, dann alles durch Aktienspekulation verliert und sich schließlich als Obdachloser auf einem Vorstadtbahnhof herumtreibt, konnte keinen Erfolg haben, hier zumindest nicht. Amerikanisches Kino, nach Polen verlegt, gelang nur einem Regisseur. Doch der hätte Zygmunt nicht engagiert, denn ihn brachte man mit der Rolle eines Kämpfers in Verbindung. «Sie waren das Idol meiner Generation», hatte ein Journalist bei einem Interview gesagt. Doch das bedeutete nichts anderes als: Sie waren es, aber sind es nicht mehr. Alles hat sich geändert, das Kino braucht Sie nicht mehr. So blieb noch das Theater. Aber ich befürchtete, das Theater könne ihn noch weniger brauchen. In Wahrheit war es so, dass er die Rolle des Molière nur bekommen hatte, weil ich die Armande spielte. Also konnte er auch keine Bedingungen stellen. Er musste Elżbietas Beteiligung an der Aufführung akzeptieren.

«Brzeski sucht eine Schauspielerin für die Rolle der Madeleine», sagte ich und wandte ihm dabei den Rücken zu. Ich wusch das Geschirr, er trocknete ab.

«Du hattest doch jemanden für ihn.»

Soll ich es ihm sagen oder nicht, überlegte ich. Er wird genug Zeit haben, sich darauf vorzubereiten. Und wenn er protestiert, Brzeski überzeugt, dass das keine gute Idee ist, oder sich mit Elżbieta in Verbindung setzt? Und alles nach einer Täuschung aussieht? Sie wird mich für eine Intrigantin halten. Das bin ich auch, aber mit guten Absichten. So glaubte ich zumindest.

«Die betreffende Person wird wohl nicht annehmen», sagte ich schließlich.

«Welche Person?»

«Meine Freundin. Sie hat mich gebeten, vorerst ihren Namen nicht zu nennen.»

Zygmunt fasste mich an den Schultern und drehte mich zu ihm.

«Das ist eine Rolle für eine ältere Schauspielerin, und solche Freundinnen wirst du wohl kaum haben.»

Ich zuckte die Achseln.

«Woher willst du das wissen?»

«Ich kenne dich gut. Ich weiß, dass du keine Freundinnen hast, weder junge noch alte.»

«Wenn du alles weißt, warum fragst du dann?», brauste ich auf.

Viel später, in jenem unglückseligen Interview, las ich meine angeblich eigenen Worte: «Als Lehrer gibt Zygmunt Kmita alles, zu Hause aber bemüht er sich, nicht den Ton eines Erziehers anzuschlagen, was keineswegs heißt, dass unser Leben eine einzige Idylle ist. Manchmal springen wir einander ins Gesicht, finden dann jedoch immer eine Übereinkunft.» Wenn ich das damals gewusst hätte, während dieses Gesprächs in unserer kleinen Küche, wäre ich vielleicht nicht so aufgebracht gewesen. Denn sobald wir einen Kompromiss finden können, ist alles wunderbar. Also einigen wir uns darauf, dass Elżbieta mit uns spielt.

Ich musste mich schließlich fragen: Warum war ich entschlossen, Zygmunt gegenüber illoyal zu sein? Er war doch mein Mann. Und ich liebte ihn. Aber tat ich das wirklich? Man könnte sagen, dass unsere Verlobung auf der Veranda der Prosorows stattgefunden hatte, und solange wir uns dort aufhielten, war ich glücklich und verliebt gewesen, doch nachdem wir die Veranda verlassen hatten, dachte ich anders von ihm – und von mir. Wenn ich ihn als großen Schauspieler hätte bewundern können, hätte unsere Liebe vielleicht einen Nährboden gehabt, aber so musste ich ständig daran denken, was von ihm gesagt wurde: ein Schauspieler von der Stange.

Zygmunt war sehr beliebt, im Laufe all dieser Jahre hatte er die höchsten Auszeichnungen vom Publikum bekommen: die Goldene Leinwand, Goldene Enten*. Aber genau das irritierte mich. Umso mehr, als ich dieses Jahr die Goldene Ente als beliebteste Schauspielerin bekommen hatte, und das mit Sicherheit dank meines letzten Films. Er hatte dem Publikum gefallen. Mir lag nichts an der Auszeichnung, und als ich sie bekam, kehrte sich das gegen meinen Mann. Siehst du, dachte ich, ich kann das ebenfalls haben, aber es wird auch von meinem Talent gesprochen. Nein, nein, so war es nicht. Mir wäre es natürlich auch lieber gewesen, wenn man ihn auf andere Art ausgezeichnet hätte. Irgendein Giftpilz schrieb, dass die Kinder auf der Straße nach der Aufführung des *Hamlet* im Fernsehen mit Kmita in der Hauptrolle nicht mehr Robin Hood oder Zorro, sondern Hamlet spielten – in Mantel und Degen … Etwas daran ist wahr, Zygmunts sämtlich Rollen waren glatt, zu glatt, genauso wie sein Gesicht, faltenlos und ewig jung. Mir wären Falten lieber gewesen.

Einige Tage später fragte ich Brzeski, ob Elżbieta Górniak sich schon bei ihm gemeldet habe.

«Noch nicht. Bist du sicher, sie wird annehmen?»

«Ja», sagte ich, ohne mit der Wimper zu zucken, «sie hat sich noch vorbehalten, vorher die Rolle zu studieren.»

«Dann soll sie das so schnell wie möglich tun», antwortete er.

«Herr Brzeski, bitte sprechen Sie vorerst nicht mit meinem Mann über die Besetzung.»

«Klar, er ist ja auch ihr Mann.» Er sah mich an und verbesserte sich: «Ihr früherer Mann, natürlich.»

---

* Polnischer Filmpreis (A. d. Ü.)

Einige Tage vergingen, und ich wurde unruhig, weil Elżbieta nichts von sich hören ließ. Sollte ich zu ihr gehen? Das hätte nach Aufdringlichkeit, nach Einmischung in ein fremdes Leben ausgesehen. Doch hatte ich mich nicht schon in ihr Leben eingemischt? Beim ersten Mal war es ungewollt geschehen. Beim zweiten Mal mit voller Absicht. Aus welchen Beweggründen heraus …, war es da wirklich bloß um sie gegangen? Vielleicht wollte ich ihr nur ihren Mann zurückgeben. Aber kann man jemandem den Mann zurückgeben? Alles war so verworren. Mit wachsender Ungeduld wartete ich, was geschehen würde. Ich führte Regie in einem Schauspiel, das nicht nur auf der Bühne gezeigt werden sollte, sondern in dem ich selbst mitspielte, und zwar in einer der Hauptrollen. Und wenn ich nun jemandem dadurch Leid antue – ihr vor allem, aber auch Zygmunt und mir … Mit der Liebe darf man nicht spielen, und schon gar nicht mit einer so komplizierten. Schließlich gab es mehrere Lieben – Elżbietas zu Zygmunt, Zygmunts zu Elżbieta und zu mir, meine Liebe zu ihm, von der ich nicht sagen konnte, sie sei vergangen. Noch empfand ich sie, in allen ihren Nuancen, Verlangen, Zärtlichkeit, Freude, wenn er nach Hause kam, wenn ich ihn sah. Diese Freude war allerdings in letzter Zeit von meinen Schuldgefühlen überschattet. Ich hatte ihn schließlich mit voller Absicht hintergangen. Wenn ich nur jemanden um Rat fragen könnte, wenn jemand, der klüger war als ich, eine Lösung wüsste. Vielleicht Molière? Wenn er schon eine solche Intrige geknüpft hatte, musste er sie auch entflechten, und bei ihm ging doch meist alles gut aus. Ich wollte so ein Ende, war mit verschiedenen Varianten einverstanden, wenn nur keine der Personen des Dramas leiden musste – zumindest nicht allzu sehr.

Ein seltsamer Laut, woher kenne ich ihn, ich kann mich nicht erinnern. Ich habe ihn bestimmt schon einmal gehört. So knarrt die Drehbühne in unserem Theater, wenn sie sich bewegt. Aber ich bin doch nicht im Theater.

Ich rief sie schließlich doch an, angeblich auf Bitte des Regisseurs.

«Ich weiß es nicht, ich bin mir noch nicht sicher. Es ist ein großes Risiko …»

«Kann ich zu Ihnen kommen?», fragte ich.

Als sie mich an der Tür begrüßte, sah ich, dass ihr Gesicht angespannt war.

Wir standen in demselben Vorraum, in dem ich mir bei meinem ersten Besuch die Prellung zugezogen hatte. Aber jetzt waren wir einander nicht mehr fremd. Sie war Madeleine, meine Mutter, und ich ihre Tochter Armande. Es wunderte mich, dass sie das nicht begriff.

«Das ist doch eine so vielschichtige Rolle», sagte ich. «Warum zögern Sie noch?»

«Weil ich nicht verstehe, warum du gekommen bist.»

Wir schauten einander in die Augen.

«Ich bin gekommen, weil ich musste. Und du musst diese Rolle annehmen. Die Rolle der Madeleine, so wie ich die Rolle der Armande angenommen habe.»

«Und wer spielt den Molière?»

«Er», antwortete ich. «Die Rolle des Molière spielt er.»

In ihren Augen war Panik zu lesen.

«Wir drei auf der Bühne?»

«Zwei, mein Rolle ist episodisch.»

Sie schüttelte den Kopf und wich zugleich in die Wohnung zurück.

«Ich kann nicht.»

«Du musst dich entscheiden. Wenn du dich bis morgen

nicht bei Brzeski gemeldet hast, nimmt er eine andere Schauspielerin.»

Ich wandte mich um und ging, sehr unzufrieden mit mir selbst. Ich hätte ihr nicht eröffnen sollen, dass Zygmunt den Molière spielen würde. Zuerst musste sie sich entscheiden. Wenn sie sich seelisch auf die Madeleine eingestellt hätte, würde sie nicht mehr ablehnen. Ein Fehler, ein verhängnisvoller Fehler, der vielleicht die ganze Sache entscheiden würde. Ich hatte versucht, ihr Leben zu korrigieren, und wenn sie das nicht wollte, war eben nichts zu machen. Aber das sagte sich leicht. Wenn sie jetzt diese leere Wohnung nicht verließ, würde sie sie nie mehr verlassen. Übrigens, wo waren eigentlich ihre Kinder? Der Sohn, hieß es, studierte im Ausland, aber sie hatte schließlich noch eine Tochter. Ich spürte nichts von ihrer Anwesenheit.

Als Zygmunt zwei Tage später nach Hause kam, sah ich an seinem Gesicht, dass er Bescheid wusste. Da ich seinen aufbrausenden Charakter kannte, erwartete ich Vorwürfe, aber er verhielt sich unerwartet ruhig. Wir aßen zu Abend, dann begannen wir, entsprechend unserem Ritual das Geschirr abzuwaschen: Ich wusch, er trocknete. Dabei konnten wir uns immer am besten unterhalten.

«Weißt du», begann er, «eine dumme Geschichte. Dieser Brzeski ist verrückt geworden. Die Madeleine soll meine frühere Frau spielen.»

«Die Rolle ist sehr interessant», antwortete ich gleichmütig. «Es wundert mich nicht, dass deine Frau sie angenommen hat.»

«Aber wie stellst du dir das denn vor? Das wird einen Skandal geben, eine Sensation, wir drei auf der Bühne …»

«Nur das Resultat zählt», sagte ich. «Wenn der Regisseur

der Meinung ist, dass er das Stück gut besetzt hat, dann sollte man ihm vertrauen.»

«Du auch!», schrie er. «Was habt ihr denn nur alle? Nein, ich mache da nicht mit, ich werde mich nicht zum Narren machen. Wir sollten beide ablehnen.»

In diesem Moment fiel mir ein Teller aus der Hand. Zygmunt bückte sich und hob die Scherben auf.

«Ich werde nicht ablehnen!»

Er hob den Kopf und sah mich an.

«Auf welcher Seite stehst du?»

«Auf der Seite der Frauen», antwortete ich schon ruhiger. «Wenn meine Freundin eine so wunderbare Rolle bekommen hat, werde ich sie ihr nicht kaputtmachen.»

Zygmunt wurde immer wütender.

«Wieso deine Freundin? Du kennst sie doch gar nicht.»

«Aber du kennst sie», antwortete ich eisig.

«Allerdings, ich kenne sie und weiß, dass sie ungeeignet ist für die Bühne.»

«Jałowiecki ist da anderer Meinung.»

«Du hast von dieser Besetzung gewusst!»

«Ja, das habe ich. Und ich hatte anfangs dieselben Befürchtungen, aber das ist vorbei.»

«Aber für mich nicht», brüllte er.

«Dann lehn du ab, du musst ja nicht in dem Stück mitspielen.»

Meine Antwort hatte ihn aus der Fassung gebracht, einen Augenblick lang wusste er nicht, wie er reagieren sollte.

«Ich habe schließlich die Hauptrolle», sagte er endlich.

«Die männliche Hauptrolle.»

«Die Hauptrolle – schließlich ist es ein Stück über Molière.»

«Über Molière und die beiden Frauen in seinem Leben.»

Zygmunt machte eine Handbewegung und griff nach seiner Jacke. Plötzlich kam mir ein Gedanke. Ich verstellte ihm die Tür.

«Wohin gehst du?»

«Das geht dich nichts an, du – Feministin!»

«Ich habe mich falsch ausgedrückt», versuchte ich, die Situation abzumildern, «ich bin auf der Seite der Kunst.»

«Lass mich durch.»

«Du gehst nicht zu ihr?»

Unsere Blicke trafen sich.

«Gibt es etwas, was ich nicht weiß?», fragte er.

«Ja. Die Rolle in diesem Stück kann Elżbieta Górniaks Leben, das du restlos ruiniert hast, verändern. Ihr wart so viele Jahre zusammen, und jetzt interessiert sie dich kein bisschen mehr.»

Was sollte ich von den Männern denken?

Er ist wieder hier, er ist gekommen, spricht mit mir. Immer das Gleiche, dass ich zurückkommen muss, damit wir von vorne anfangen können. Aber kann man das? Nur im Theater gibt es immer neue Proben, und sogar eine Vorstellung kann abgesagt werden, etwa wenn ein Schauspieler krank geworden ist. Aber jene Vorstellung ist nicht abgesagt, sondern nur um eine Woche verlegt worden.

Zygmunt versuchte, uns alle umzustimmen, angefangen beim Regisseur, doch der war derselben Meinung wie ich, dass die Besetzung mit Elżbieta Górniak als Madeleine eine ausgezeichnete Idee sei.

Wir standen alle drei auf der leeren Bühne und unterhielten uns.

«Ihr tut ihr ein Unrecht an», sagte Zygmunt. «Ich kenne sie, sie ist psychisch schwach, sie wird diesem Druck nicht standhalten. Sie wird vor euren Augen zerbrechen, und es wird nichts von ihr übrig bleiben.»

Brzeski schaute ihn aus den Augenwinkeln an.

«Hast du Angst um sie oder um dich?»

«Um mich?» Zygmunt war ehrlich erstaunt über diese Frage. «Ich werde mir auf der Bühne schon zu helfen wissen, so wie bisher.»

«Und außerhalb der Bühne?»

«Wie ich außerhalb der Bühne zurechtkomme, das geht dich einen Scheiß an», knurrte er, sprang in den Zuschauerraum hinunter und ging schnell zwischen den Reihen zur Tür, die er hinter sich zuschlug. Ich war entsetzt über diesen Ausbruch, denn Zygmunt hatte selbst in Momenten größter Wut noch nie solche Ausdrücke benutzt; er konnte böse werden, schreien, aber niemals fluchte er. Und nun benahm er sich so vulgär. Er musste tatsächlich die Kontrolle über sich verloren haben. Und die Proben hatten noch nicht einmal begonnen. Was würde erst werden, wenn sie im Theater erschien?

Ich sah Brzeski an, er war genauso überrascht wie ich.

«Deinem Mann ist eine Laus über die Leber gelaufen», sagte er mit schiefem Lächeln.

«Warum haben Sie ihn so provoziert?»

«Wessen Idee war das denn? Meine oder deine, mein liebes Kind?»

«Die Idee ist gut. Ich spüre, dass sie etwas Gewichtiges entstehen lassen wird. Denn die Frau ist geschaffen für eine große Rolle», ereiferte ich mich. «Ich beneide sie sogar ein bisschen, dass sie die Madeleine sein wird. Die Beichte der Madeleine ist eine der wichtigsten Szenen, ich kenne sie auswendig: ‹Die Ärzte sagen, mein Blut sei verdorben, ich sehe den Satan, und ich fürchte mich vor ihm…›»

Brzeski machte eine ungeduldige Handbewegung.

«Lern keine fremden Rollen, lautet der Grundsatz. Für die Madeleine hast du noch Zeit. Jetzt beschäftige dich mit der Armande und deinem Ehemann, vielleicht kochst du ihm einen Melissentee zum Einschlafen, dann wird er sich schon beruhigen.»

«Und wenn Zygmunt sich weigert, mit seiner Frau zusammen zu spielen?»

«Mit seiner früheren Frau», verbesserte er mich. «Wenn er absagt, können wir uns immer noch aufregen, vorerst hat er nicht abgesagt.»

«Aber ihr werden Sie doch die Rolle nicht wegnehmen?»

«Da gibt es nichts, was ich ihr wegnehmen könnte, sie ist ja noch nicht einmal hier aufgetaucht.»

«Sie wird kommen.»

«Dann soll sie das tun», sagte er und verschwand hinter den Kulissen.

Ich blieb allein zurück. In dieser mir so vertrauten Umgebung, den Bühnenbrettern, dem Geruch nach Staub. Dies war mein natürlicher Lebensraum, aber jetzt fühlte ich mich zum ersten Mal fremd hier. Mir wurde wohl erst jetzt bewusst, was für ein gefährliches Spiel ich begonnen hatte. Ich hatte das alles entfesselt und war verantwortlich für seinen weiteren Verlauf. Aber der Fortgang dieses Spiels hing nicht mehr ausschließlich von mir ab. Ein wenig wohl doch, denn unbewusst spürte ich, dass nur ich Zygmunt überzeugen konnte. Ganz gleich, wie ich es anfing, ich musste ihn dazu überreden, in diesem Stück zu spielen und auch seine Frau spielen zu lassen. Das war er ihr schuldig. Ich rief mir seine Worte ins Gedächtnis. Er hatte gesagt, sie sei schwach und könne die Rolle psychisch nicht bewältigen. So durfte man sein Benehmen also nicht als Auflehnung eines Mannes interpretieren, der nicht daran erinnert werden will, dass er einst ein anderes Leben geführt und seine ältere Frau gegen eine jüngere getauscht hatte. Er hatte sogar in einem Interview gesagt, er sei nicht sentimental und schaue niemals zurück. Also konnte das nicht das Problem sein. Vielleicht war er tatsächlich besorgt um sie, wollte ihr eine Enttäuschung ersparen und hatte deshalb gegen ihren Auftritt protestiert. Es war nötig, ihn davon zu überzeugen, dass Elżbieta dieses Risiko auf sich nehmen musste – wie wir alle. Zu ihrem eigenen Wohl und zum Wohl des Theaters. Das waren große Worte, aber was wäre, wenn Zygmunt Recht hätte, wenn sie versagte? Wie würde sie dann in ihr Leben in dem leeren Haus zurückkehren? Daran mochte ich gar nicht denken. Wenn sie mutig genug wäre, auf die Bühne zu treten, hätte sie schon gesiegt. Wenn nicht, dann bliebe sie dort, wo sie war. Plötzlich fühlte ich mich einsam auf diesen Brettern; ich hatte als Irina, als Julia, als Katharina in *Der Widerspenstigen Zähmung* hier gestanden, eine Rolle, in der ich dem Publikum so gefallen hatte, und diese Figuren waren mir immer eine Stütze gewesen, jetzt aber fühlte ich mich unsicher, als stünde ich zum ersten Mal hier. Ich war Schauspielerin, hatte aber die Arbeit eines Regisseurs übernommen, ich wollte Regie in einem fremden Leben führen, und das nicht nur auf der Bühne. Hat ich das Recht dazu? Darek hatte mir immer vorgeworfen, dass ich meine Wünsche für Realität hielt. Aber konnte denn dieser Widerschein von Talent in ihren Augen nur eine Täuschung sein? Nein, nein, so sehr konnte ich mich nicht irren. Als ich das erste Mal zu ihr gekommen war und ihr Gesicht gesehen hatte… Das war ein Gesicht wie geschaffen zum Spielen. Deshalb hatte ich damals gesagt, es gebe eine interessantere Rolle für sie. Ich hatte nicht daran gedacht, dass sie eine betrogene Ehefrau war, sondern nur daran, wen sie spielen könnte. «Die Ärzte sagen, mein Blut sei verdorben, ich sehe den Satan, und ich fürchte mich vor ihm.» Damals verstanden wir uns nicht, aber sie war schon an jenem Tag, ob wir wollten oder nicht, die Madeleine und ich die Armande.

Brzeski kam so leise hinter den Kulissen hervor, dass ich erschrak.

«Was seid ihr nur alle so nervös», sagte er, als ich am ganzen Körper zitterte. «Das bin nur ich, euer Regisseur. Ich wollte dir mitteilen, dass deine Madeleine angerufen hat, sie ist unterwegs hierher.»

Alles war doch wunderbar gelaufen, bei der öffentlichen Generalprobe erhob sich das Publikum von seinen Plätzen und applaudierte anhaltend, und das geschieht wirklich selten. Das Publikum bei einer Generalprobe ist ein besonderes Publikum. Ist es deshalb so gekommen? Wer trug wirklich die Schuld?

Ich wartete nicht auf sie, sondern verließ das Theater, das hielt ich für besser. Brzeski versuchte, mich zurückzuhalten, als fürchtete er sich vor einer Begegnung mit Elżbieta unter vier Augen.

«Sie sind der Direktor dieses Theaters und der Regisseur in einer Person, Sie tragen die Verantwortung», sagte ich scheinbar im Scherz. «Ich habe hier nichts verloren.»

«Du kleine Schlange», sagte er ganz ernsthaft. «Erst schön Verwirrung stiften und dann abhauen.»

«Ich komme ja wieder.»

«Das hoffe ich», brummte er.

Ich hatte keine Lust, nach Hause zu gehen, ich wusste, Zygmunt war nicht da, er hatte bis abends Unterricht in der Schauspielschule. Ich beschloss, einen Bummel durch die Geschäfte zu machen, nicht, um etwas zu kaufen, nur zum Anschauen. Jetzt gab es so viele neue, elegante Läden, man brauchte nur den Nowy Świat* entlangzugehen und die Aufschriften auf den Markisen zu lesen: Nina Ricci, Christian Dior, Estée Lauder... Schon allein diese Namen verbreiteten einen wunderbaren Duft.

Ich betrat einen großen Modesalon mit einem italienischen Namen: Das Innere war hell erleuchtet, die Wände voller Spiegel, die Schaufensterpuppen in teuren Kreationen von allen Seiten zugleich zeigten. Dann stellte ich belustigt fest, dass auch ich mich so betrachten konnte. Zum ersten Mal in meinem Leben konnte ich mich gleichzeitig von allen Seiten ansehen. Doch das belustigte mich nur im ersten Moment. Denn erst in diesen Spiegeln bemerkte ich, wie sehr ich mich verändert hatte. Ich sah ein fremdes Mädchen, verkrampft, verschlossen, als käme sie nicht mit sich zurecht, uneins mit sich selbst. Es war die Angst. Die Angst vor dem, was geschehen würde und dem ich nicht entfliehen konnte. Die Angst, Elżbieta könnte die Rolle annehmen. Oder sie könnte sie nicht annehmen. Zygmunt könnte in diesem Stück spielen oder es ablehnen. Ich hatte vor allem Angst. Mit anderen Worten, es war wie in einer griechischen Tragödie, jede Möglichkeit war schlecht. Aber ich konnte nicht mehr zurück, der Vorhang hob sich.

Zygmunt kam spät abends nach Hause, ich lag schon im Bett. Als er ins Zimmer kam, stellte ich mich schlafend. Er bemerkte es sofort.

Offensichtlich war ich damals eine schlechtere Schauspielerin, jetzt lässt er sich täuschen, diesmal spielt er in einem Stück, das ich selbst geschrieben habe.

* Traditionsreiche Geschäftsstraße in Warschaus Innenstadt. (A. d. Ü.)

«Ich weiß, dass du nicht schläfst», sagte er. «Entschuldige meinen Ausbruch, das wird nicht wieder vorkommen. In Ordnung, ladet sie ins Theater ein. Wenn ihr das wirklich tun müsst, dann ladet sie ein. Aber ich habe euch gewarnt und will, dass ihr daran denkt. Besonders du solltest daran denken.»

«Warum gerade ich», fragte ich und öffnete die Augen.

«Weil diese Situation dir doch offenbar Spaß macht.»

«Das ist eine zu ernste Angelegenheit, als dass sie mir Spaß machen könnte», antwortete ich.

«Eben. Brzeski meint, er habe eine geniale Idee gehabt. Er will Publikum anziehen. Vielleicht sollte er lieber irgendwelche Akrobaten und Feuerschlucker engagieren, dann ginge es nicht auf unsere Kosten.»

«Wir bezahlen immer.»

«Aber diesmal wird Elżbieta bezahlen.» Niemals zuvor hatte er in einem Gespräch mit mir ihren Vornamen gebraucht.

Ich stützte mich auf den Ellbogen.

«Hat sie denn bisher nicht bezahlt? Du hast sie die ganze Zeit in ihren vier Wänden eingeschlossen und dann einfach dort zurückgelassen.»

«Ich habe sie nicht eingeschlossen. Das hat sie sich selbst ausgesucht.»

«Und jetzt hat sie es sich auch selbst ausgesucht, weshalb also protestiert du so?»

«Weil sie nicht weiß, was sie tut.»

«Vielleicht weiß sie es ganz genau. Vielleicht hat sie es damals nicht gewusst und weiß es jetzt?»

«Ihr müsst immer Recht haben!»

Ich wusste nicht, ob er die Frauen im Allgemeinen oder nur sie und mich meinte. Ich wollte dem auch nicht nachgehen.

Als ich ins Theater kam, war noch niemand da. Ich saß im Probenraum an einem Tisch, betrachtete meine Hände, als sähe ich sie zum ersten Mal. Sie kommt, ging es mir im Kopf herum, sie kommt bestimmt. Die anderen kamen nach und nach herein, es waren fast alle da, bis auf Zygmunt, der zu dieser Zeit Unterricht gab. Seine Rolle sollte der Regisseur lesen, der kurze Zeit darauf eintraf. Jetzt fehlte nur noch Elżbieta Górniak.

«Können wir beginnen?», fragte Brzeski, als würde er ihre Abwesenheit nicht bemerken.

Aber dann hörten wir Schritte, und alle Köpfe wandten sich zur Tür. Elżbieta trug einen Rollkragenpullover und Hosen. Ihr Haar war sorgfältig frisiert. Das Make-up war etwas zu kräftig für die Tageszeit. Aber vielleicht empfand nur ich das so, denn ich benutzte keines. Ich fühlte mich schrecklich, wenn ich mir auch nur die Nase puderte, von der Theatermaske, in der ich fast erstickte, gar nicht zu reden. Jedes Mal flehte ich die Maskenbildnerin an, mich nicht vollzuschmieren. «Alexandra», sagte sie dann etwas verärgert darüber, dass ich ihr die Arbeit schwer machte, «Ihre Augen verschwinden bei der Beleuchtung auf der Bühne.» «Wenigstens bleibt noch die Nase», antwortete ich, denn jetzt konnte ich mir das erlauben. Wie sich herausstellte, war sie keineswegs ein Hindernis für den Zutritt zum Tempel der Temida. Und damals hatte ich geglaubt, sie wäre hinderlich, hatte sogar an eine plastische Operation gedacht. Aber ich war ich. Und Elżbieta wollte einfach nur einen guten Auftritt haben. Ich bemühte mich, das zu verstehen, obwohl mir das Gesicht, das sie mir bei unserer ersten Begegnung gezeigt hatte, entschieden besser gefiel. Vielleicht wäre sie jetzt nicht hier, wäre jene Begegnung damals nicht gewesen. Ich hatte sie herbeigeführt. Und war deshalb sehr stolz. Die ganze Angst war verschwunden.

Die Probe begann, die Kollegen nahmen ihre Plätze ein.

«Meine Damen und Herren», sagte der Regisseur, der am Kopfende des Tisches stand, und alle verstummten und richteten ihre Augen auf ihn, «wir sind hier zusammengekommen, um gemeinsam ein Werk aus der Taufe zu heben, das Michail Bulgakow, ein Dramatiker, dessen Name mit unserem Theater besonders verbunden ist, geschrieben hat. Unter meiner Direktion und unter der Direktion meiner ausgezeichneten Vorgänger hat unser Theater Stücke wie *Die Tage der Geschwister Turbin*, *Hundeherz* oder *Puschkin* auf die Bühne gebracht. Nun haben wir beschlossen, in gemeinsamer Arbeit das Stück *Die Kabale der Scheinheiligen* zur Aufführung zu bringen. Bulgakows Stücke sind im Theater lebendig, sie haben nichts von ihrem Wert verloren, denn er ist ein Meister der großen Verallgemeinerung …»

Schwätzer, dachte ich, wenn er doch zu Sache kommen würde.

Ich beobachtete Elżbieta verstohlen, die am anderen Ende des Tisches saß, in einiger Entfernung von den anderen Schauspielern. In ihrem Gesicht, verborgen hinter dem sorgfältigen Make-up, war nichts zu lesen. Was bedeutete diese neuerliche Begegnung mit dem Theater für sie? Hatte sie Angst?

«Die Besetzung des Stückes ist folgendermaßen», sagte der Regisseur und kam nun endlich zur Sache. «Den Molière spielt Herr Zygmunt Kmita, der aus beruflichen Gründen nicht anwesend ist; ich werde ihn in der Leseprobe vertreten. Die Madeleine spielt Elżbieta Górniak, was mich besonders freut, denn Frau Górniak kehrt nach langer Pause auf die Bühne zurück.» Sie reagierte nicht darauf, kein Muskel ihres Gesichts bewegte sich. «Die Armande wird unser Star bestimmt aufs Schönste verkörpern», fügte er hinzu und lächelte zu mir herüber.

Wozu sagte er das, ging es mir durch den Kopf. Er will sie demütigen, uns auseinander bringen, der Narr. Er konnte meine Gedanken nicht ahnen und fuhr fort: «In der Rolle der Mariette Rival wird eine Studentin aus dem zweitem Ausbildungsjahr der Schauspielschule auftreten, Frau Suzanna Sokolik, denn wir meinen, dass man den Nachwuchs rechtzeitig an das Spielen auf einer richtigen Bühne gewöhnen sollte, deshalb wird sie an unserem Projekt beteiligt sein. Sie ist ebenfalls nicht anwesend, denn sie hat Unterricht in der Schauspielschule bei unserem Helden, Jean Baptiste Poquelin de Molière, aber zur nächsten Probe werden beide erscheinen. Den Marquis de Charron, Erzbischof von Paris, spielt...», und nun folgten die Namen der anderen Kollegen, aber ich hatte vollkommen abgeschaltete, so als hätte ich das Gehör verloren, die Lippen des Regisseurs bewegten sich stumm. Gut, dass Zygmunt nicht da ist, dachte ich, sehr gut. So kann Elżbieta sich ein wenig an ihre neue Situation gewöhnen, zu der er sich dann nur noch beigesellt, was hoffentlich nicht allzu schmerzlich sein wird. Alle sahen auf den Entwurf für die Bühnendekoration, der auf dem Tisch lag. Ich stand ebenfalls auf und schaute ihn mir mit den anderen zusammen an, doch zu einer genauen Durchsicht der einzelnen Tafeln konnte ich mich nicht aufraffen. Dann wurden noch die Kostüme besprochen.

Das ganze Stück sollte hinter den Kulissen des Theaters des Palais Royal spielen, wo die Schauspieler sowie auch der Meister, Molière selbst, den *Eingebildeten Kranken* aufführten. Genau so hätte es sein können. Jetzt spielten wir das alles nach, ihren Abgang von der Bühne, ihre privaten Gespräche. Diese Privatgespräche hatte ein anderer, ebenfalls nicht mehr lebender Genius erdacht. In seinem Stück erscheint Molière, der den Argan spielt, hinter den Kulissen, fällt schwer auf einen Sessel und ruft: «Wasser!»

Also: «Wasser!» Mit diesem Wort, das aus dem Mund des Regisseurs in Vertretung Zygmunts kam, begann unser neues Theaterabenteuer, das diesmal mehr als sonst mit Hindernissen gespickt, aber dadurch auch fesselnder war.

Der Schauspieler, der den Bouton spielte, tat, als schiebe er Molière ein Glas hin.

Dann einer der Kollegen: «Der König applaudiert!»

Der Regisseur: «Gib mir ein Handtuch!»

Er wischte sich mit einem unsichtbaren Handtuch über die Stirn.

«Schnell! Der König applaudiert!»

In diesem Augenblick überkam mich eine solche Euphorie, dass ich mich nur mühsam beherrschen konnte, um nicht irgendetwas Dummes zu tun, etwa in lautes Lachen auszubrechen oder in die Luft zu springen. Es hat geklappt! Es hat geklappt!, schrie etwas in mir. Obwohl es ja erst der Beginn der ersten Probe war und Elżbieta ihren ersten Satz gesprochen hatte: «Schnell! Der König applaudiert!»

Ich hatte das bewirkt. Ich! Bereits an jenem regnerischen Tag, als ich das Gebäude des Staatlichen Filmarchivs verließ, hatte ich bei mir gedacht, Elżbieta Górniaks Mappe könne doch nicht nur diese paar Umschläge enthalten, es müsse doch noch einer zum Vorschein kommen, gefüllt mit Rezensionen. So dachte ich. Wie Judas, der alles wieder gutmachen wollte. Nur war es ihm nicht gelungen.

Als ich spät am Abend nach Hause kam – ich hatte in den *Mädchenschwüren** gespielt –, fand ich Zygmunts Gesicht verändert. Geht ihm das so nahe, dachte ich, und in mir stieg etwas wie Schuldgefühl auf.

* *Mädchenschwüre oder Magnetismus des Herzens*, Komödie von Alexander Fredro (1793–1876). (A. d. Ü.)

«Geht es dir nicht gut?», fragte ich und bemühte mich, meine Stimme so warm wie möglich klingen zu lassen.

«Tadeusz ist tot.»

Ich wusste nicht gleich, wen er meinte.

«Welcher Tadeusz?»

«Du hast wohl deine Sinne nicht beisammen. Alle wissen es schon. Tadeusz Łącki. In Posen, auf der Bühne, während einer Probe zu *König Lear* ist es passiert. Weißt du, was seine letzten Worte waren? ‹So ist noch nichts verloren. Kommt! Wenn ihr's haschen wollt, müsst ihr's im Laufen haschen...›»

So ist das, dachte ich, der eine kehrt ins Theater zurück, während der anderer von der Bühne getragen wird. Das sagte ich nicht laut, denn Zygmunt hätte das als Gotteslästerung empfunden. Er und Darek hatten eines gemeinsam: ihre Verehrung für Łącki.

«Der größte Schauspieler der Welt», sagte Zygmunt.

«Der Größte der Größten», befand Darek, natürlich ohne von dieser Gemeinsamkeit zu wissen.

Ich machte das Abendessen, während Zygmunt die letzte Ausgabe der Nachrichten im Fernsehen anschaute. Es war von Łącki die Rede, seine größten Rollen als Theaterschauspieler wurden genannt. Zygmunt schaltete den Fernseher aus, und wir setzten uns an den Tisch.

«Und was war im Theater, wie lief die Probe?», fragte er, ohne den Blick vom Teller zu heben.

«Normal, wie immer am Anfang, ein bisschen Durcheinander, Ausgabe der Texte. Brzeski schwafelte eine Stunde lang über Bulgakows Größe, als wäre das nicht allgemein bekannt.»

«Bulgakow hätte das sicher gerne gehört», lächelte Zygmunt, «schließlich ist er zu Lebzeiten nicht verwöhnt worden.»

«Man muss wohl ein bisschen leiden, um unsterblich zu werden.»

«Er hat nicht ein bisschen gelitten, er hat sehr gelitten.»

Dir käme das auch zustatten, dachte ich rachsüchtig und erschrak selbst darüber.

«Ich glaube, es wird ein Ereignis –»

«Sag so etwas nicht im Voraus», unterbrach er mich, «ich habe dir doch beigebracht: Beim Theater darf man nie den Tatsachen vorgreifen.»

Schweigen, nur das Klappern der Gabeln auf den Tellern war zu hören.

«War Elżbieta da?»

«Ja.»

«Und wie ging es?»

«Auch normal. Sie hat ihre Rolle gelesen, sich zweimal versprochen ...»

Zygmunt hatte aufgehört zu essen und schaute mich an.

«Warum bist du so einsilbig?»

«Ich bin müde.»

«Wir alle hatten einen schweren Tag, aber für Tadeusz war es der letzte. Der zweiundzwanzigste Februar ist ein schwarzer Tag für das Theater.»

Ich dachte an Darek und daran, was für ihn dieser Tod bedeuten würde. Ich beschloss, ihn am nächsten Tag morgens vor der Probe zu besuchen.

Er hatte sein Studium beendet, hatte aber nichts mehr mit Philosophie zu tun, sondern arbeitete jetzt nach einer Umschulung als Computerspezialist und wurde vermutlich als solcher sehr geschätzt. Er hatte sich eine Wohnung gekauft, die er allein bewohnte. Ich hätte ihn anrufen und ihm sagen können, dass ich ihn besuchen wollte, aber das tat ich nicht. Ich wusste, dass ich ihn um diese Uhrzeit zu Hause antreffen würde, denn er schrieb dort Programme für verschiedene Firmen. Ich nahm ein Taxi. Dareks Wohnung war in einem dreistöckigen Haus im Stadtteil Ursynów, sie war sogar schön gelegen, das hüglige Terrain ringsum war mit Sträuchern bepflanzt.

«Na», sagte er, als er mich sah, «wer kommt mich denn da besuchen.»

Er hatte sich kaum verändert, war vielleicht etwas kräftiger geworden. Früher war er mager gewesen, zu mager für seine Größe. Ich sah mich in der Wohnung um, sie war nicht groß, aber funktionell eingerichtet. Sie bestand aus zwei Zimmern. Im Schlafzimmer stand eine Schlafcouch und eine teure Stereoanlage. Zygmunt und ich hatten uns eine ähnliche kaufen wollen, doch hatte uns der Preis abgeschreckt; außerdem wäre sie für meine kleine Wohnung viel zu klanggewaltig gewesen.

«Wenn wir erst einmal ein Haus haben», hatte Zygmunt gesagt, als wir das Geschäft verließen.

Im anderen Zimmer, Dareks Arbeitszimmer, stand natürlich ein Computer, außerdem Bücherregale, ein Tisch, ein Stuhl und ein Sessel mit einer Leselampe. An der Wand neben der Tür hing ein großes Plakat, das Tadeusz Łącki zeigte. Ich weiß nicht, ob es Zufall war, aber auf dem Tischchen unter dem Plakat brannte eine Kerze. Darek fing meinen Blick auf.

«Ich habe die Kerze angezündet, weil ich keinen Rauch vertrage», sagte er. «Vorhin war ein Kumpel von mir hier und hat furchtbar gequalmt.»

«Aber du hast die Kerze nicht ausgemacht.»

«Nein, das habe ich nicht», sagte er sichtlich verwirrt.

Er hatte sie für den Meister angezündet. Dieser Rationalist und Zyniker hatte eine Kerze aufgestellt zum Zeichen seiner Trauer. Das rührte mich.

«Willst du irgendetwas von mir?», fragte er geradeheraus. Er war wohl so schroff, weil ich ihn mit der Kerze erwischt hatte.

«Ich wollte nur wissen, wie es dir geht. Dieser Tod... Zygmunt und mir ist er sehr nahe gegangen. Zygmunt schätzte Łącki sehr.»

«Jetzt meint er sicher, er sei nun allein auf weiter Flur.»

Wozu bin ich hierher gekommen, dachte ich. Man steigt nicht zweimal in denselben Fluss.

Unser Städtchen, meine Schulzeit, zu der auch Darek gehörte, all das erschien mir so weit entfernt, so unwirklich. Sogar jene Zeit, als wir zusammengewohnt hatten. Meine Mutter hatte Darek gemocht und bedauerte sehr, dass Zygmunt seinen Platz eingenommen hatte.

«Wenn du Darek geheiratet hättest, wäre ich zufrieden mit dir. So ein ansehnlicher Junge.»

«Zygmunt ist auch ansehnlich», hatte ich gesagt.

«Ola, er ist drei Jahre älter als ich!»

Arme Mama, in diesem Augenblick dachte sie wie eine Buchhalterin. Meine Berufswahl hatte ihr von Anfang an Sorgen bereitet.

«Wie viele bekannte Schauspieler gibt es denn, Ola?», sagte sie. «Der Rest vegetiert vor sich hin.»

«Aber ich kann es doch versuchen, Mama.»

Sie schüttelte nur den Kopf. Mein Debüt in den *Drei Schwestern* war ein Schock für sie. Sie nahm Urlaub, fuhr nach Warschau und kam in jede Vorstellung. Sie wohnte bei mir, Darek zog in dieser Zeit zu einem Kommilitonen ins Studentenheim.

«Ich erkenne dich nicht wieder. Das bist angeblich du, ich weiß, dass du es bist, aber es ist, als wärst du jemand anderes.»

«Das bin ja auch nicht ich. Das ist Irina!»

«Irina», wiederholte sie unsicher.

Ich liebte sie, aber wir verstanden uns nicht. Meine Mutter fand, eine Frau müsse ein geregeltes Leben, ein Haus, Mann und Kinder haben. Sie hatte das selbst nicht, ihr Mann hatte sie verlassen, als ich noch ein Baby war. Also wünschte sie sich das für mich – Normalität. Aber in meinem Leben war nichts normal, weder mein Beruf noch meine Verbindung mit einem Mann.

«Du solltest Kinder haben. Und was dann, werden sie ihn ‹Opa› nennen?»

Kinder, dachte ich dann. Er hat schon welche.

Nach meinem Besuch bei Darek ging ich direkt zu einer weiteren Leseprobe, diesmal war Zygmunt dabei, ebenso seine Studentin. Wie sich das wiederholt, dachte ich, ich habe auch in einem Stück gespielt, als ich noch in der Ausbildung war. Mit dem Unterschied allerdings, dass ich eine der Hauptrollen bekommen hatte, und sie spielte nur eine kleine Nebenrolle. Sie hatte nur einen richtigen Auftritt, sie musste durch einen Spalt im Vorhang rufen: «Versetzt Euch in unsere Lage, meine Herrschaften! Fahrt nach Hause, die Vorstellung ist beendet.» Bitte versteht uns, wiederholte ich noch einmal in Gedanken. Und wer versteht mich? Ich hatte ständig vor irgendetwas Angst, das Gefühl der Euphorie mischte sich mit plötzlicher Furcht. Dass es misslingen könnte. Oder, wenn es doch gelänge, dass sich unser dreier Leben verändern würde. Vielleicht geht Zygmunt zu ihr zurück, schließlich ist sie jetzt der Star, die Sensation der Saison, und er bewegt sich gern im Licht von Jupiterlampen, eine Modeschauspielerin an seiner Seite. Hatte er mich nicht deshalb unbedingt heiraten wollen? Nach meinem sensationellen Debüt wurde ich zu einer Mode, die Regisseure überboten sich mit Rollenangeboten. Einer von ihnen wollte mir vor kurzem sogar eine Rolle in *Meister und Margarita* anbieten. Ich wusste, dass er eine Bühnenbearbeitung von diesem Roman Bulgakows machen wollte, er hatte in Interviews davon gesprochen.

«Du bist zu jung für die Margarita», sagte Zygmunt.

«Er meint aber, ich kann alles spielen.»

«Das mit Sicherheit. Ich weiß nur nicht, ob ihm die Bearbeitung gelingt. Der Roman ist eine harte Nuss für das Theater.»

«Umso interessanter für den Schauspieler.»

«Für die Schauspielerin», verbesserte er mich säuerlich.

Als ich ins Theater kam, war Zygmunt nicht da, er würde wohl wie gewöhnlich zu spät kommen, auch Elżbieta war noch nicht gekommen. Ihre Abwesenheit veränderte sogleich meine Einstellung ihr und auch ihm gegenüber. Ich hatte jetzt Angst um sie. Angst, Zygmunt könnte ihr abgeraten, sie angefleht haben abzulehnen, und nun sei sie deshalb nicht hier. Ich war sehr erleichtert, als ich sie zur Tür hereinkommen sah. Nun warteten wir nur noch auf Zygmunt, und ich überlegte, während ich Elżbieta heimlich beobachtete, was diese Frau mir bedeutete. Weshalb hatte ich mich so ins Zeug gelegt, damit sie wieder auf der Bühne stand? Ich kannte sie ja gar nicht. So viele Männer heiraten zum zweiten Mal, und keine von ihren neuen Frauen kümmert sich um das Geschick der ehemaligen Ehefrau. Ich hätte keineswegs zu ihr gehen müssen. Aber ich hatte es getan. Warum? Sie hatte mich das auch gefragt. Muss man für alles eine Antwort finden? Ich glaube, jemand Höheres hatte das geplant, es spielte sich außerhalb von uns beiden ab. Es war so beschlossen, dass ich sie eines Tages besuchen und diese Begegnung Auswirkungen auf unser Leben haben würde. Anders kann ich mir das nicht erklären. Und mein trotziges Beharren darauf, dass sie die Madeleine spielte …

Endlich erschien Zygmunt mit seinem Schützling. Sie schien mir wenig interessant, sie hatte hervorstehende Augen. Aber sie war mit Sicherheit begabt, denn er duldete nur begabte Studentinnen in seiner Nähe. Die Probe begann. Diesmal sagte Zygmunt: «Wasser!»

Und Elżbieta ihren Satz: «Schnell! Der König applaudiert!»

Ohne einander anzuschauen, lasen sie, die Nase in ihren Text gesteckt.

Es herrschte noch keine spezifische Atmosphäre, das ist immer während der ersten Proben so, wenn man den Text noch nicht richtig kennt. Dass diese beiden und niemand anderes diesen Dialog lasen, gewann jedoch immer mehr Bedeutung, zumindest für mich. Als Elżbieta sagte: «Niemand jagt einen Hund davon, der sein Leben lang das Haus behütet hat. Du, Molière, bringst das fertig. Du bist ein schrecklicher Mensch, Molière, ich habe Angst vor dir», und Zygmunt ihr antwortete: «Quäle mich nicht, Leidenschaft hat mich erfasst», sah ich mich verstohlen um, wie die anderen das aufnahmen. Ich kannte den Text des Stückes nicht genau, nur in Auszügen, aber die Szene der Beichte begeisterte mich. Ich hatte sie ja sogar auswendig gelernt. In seiner Gesamtheit war ihr Part überaus ausdrucksstark. Zu ausdrucksstark, dachte ich jetzt und fürchtete, wir könnte alle drei in eine Falle geraten, die ich selbst aufgestellt hatte. Es war jedoch zu spät für solche Bedenken. Ich konnte mich nicht konzentrieren, verwechselte meine Stichworte. Schließlich wurde der Regisseur ärgerlich und ließ eine Pause machen, «damit bestimmte Leute wieder zu sich kommen». Ich wusste, dass mir das galt. Damals dachte ich wohl zum ersten Mal an Flucht, daran, mich irgendwo zu verstecken, wo mich niemand finden konnte, um endlich meine Ruhe zu haben.

Zygmunt kam und nahm mich in den Arm.

«Da umarmen wir uns noch, wir altes Ehepaar», scherzte er. Er musste meine Stimmung gespürt haben. Er liebte mich, denn nur, wenn man sich liebt, braucht man nichts zu erklären. Jetzt gab er mir zu verstehen, dass alles in Ordnung sei und er Herr der Lage. Ich verspürte Dankbarkeit und wohl auch Liebe. Tränen stiegen mir in die Augen.

«Nicht weinen», flüsterte er mir ins Ohr und küsste mich aufs Haar, verstohlen, so dass die anderen es nicht sahen. Er war mir auf einmal so nahe, ich hatte ja niemanden außer ihm. Trotzdem hatte ich eine Verschwörung gegen ihn angezettelt, und das mit seiner früheren Frau, die ihm jetzt nicht wohlgesinnt sein konnte. Ich werde ihm sagen, dass ich bei ihr war, dachte ich. Ich werde alles zugeben. Er hat ein Recht, es zu wissen.

Doch gleich nach der Probe gingen wir in verschiedene Richtungen auseinander und trafen uns wie gewöhnlich erst am späten Abend wieder. Zygmunt hatte Probleme in der Schule, die Buchhalterin hatte Rechnungen verlegt. Er sprach die ganze Zeit davon. Dann gingen wir schlafen. Wir hatten gerade noch so viel Kraft, um uns aneinander zu schmiegen.

Die Proben nahmen ihren Lauf, allmählich wurden wir zu einem aufeinander eingespielten Ensemble. Die privaten Dinge traten in den Hintergrund. Ich beobachtete heimlich, wie Elżbieta ihre Rolle anlegte. So etwas hatte ich noch nie zuvor getan, stets hatte ich die Grundidee für eine Rolle in mir selbst gesucht, doch diesmal stand sie im Vordergrund. Sie machte ihre Sache ausgezeichnet. Mit jedem Tag wurde ihre Madeleine vollkommener. Anfangs war sie deutlich angespannt, wenn sie mit Zygmunt zusammen spielte, doch allmählich war Zygmunt nicht mehr Zygmunt, sondern Molière. Nicht nur ich bemerkte das. Die Atmosphäre in den Proben verdichtete sich. Schon lange hatte es so eine Stimmung nicht mehr gegeben, das ganze Ensemble spürte, dass ein außergewöhnliches Stück entstand.

Einmal schien es, als würde alles zusammenbrechen. Gemäß meiner Rolle setzte ich mich Zygmunt auf den Schoß und legte ihm den Arm um den Hals.

Zygmunt-Molière sagte: «Mein Mädchen … Jetzt ist das nicht schlimm. Ich bin entschlossen. Schwöre, dass du mich liebst.»

Und ich darauf: «Ich liebe dich, ich liebe dich, ich liebe dich.»

«Wirst du mich auch nicht betrügen? Sieh mal, ich habe schon Falten und werde grau. Ich bin von Feinden umgeben. Die Schande würde mich töten!»

Ich sagte: «Nie, nie, wie könnte ich!»

Molière: «Ich will ein neues Leben anfangen, aber mit dir. Keine Sorge, ich werde dafür bezahlen müssen, jawohl. Ich werde etwas aus dir machen! Du wirst die Erste sein, wirst eine große Schauspielerin werden! Das ist mein Traum, und so wird es sein!»

Und da ging Elżbieta von der Bühne. Der Regisseur war verärgert.

«Ich wusste, dass es so kommt! Zu viele Weiber in diesem Stück!»

«Eigentlich sind es nur zwei», stellte ich unschuldig fest.

«Eine zu viel!»

Ich fand sie in der Garderobe, sie rauchte eine Zigarette.

«Du musst auf die Bühne zurück», sagte ich in entschiedenem Ton.

«Das hat alles keinen Sinn, er eignet sich nicht für den Molière. Er passt nicht zu ihm, weder psychisch noch physisch. Hast du *Das Leben des Herrn Molière* von Bulgakow gelesen? Nein? Dann lies es. Dann verstehst du, wie der Molière sein muss.»

Ich hatte geglaubt, sie sei eifersüchtig, aber sie hatte Einwände gegen Zygmunts Spiel. Oder sie tat nur so, weil sie nicht zeigen wollte, was in ihr vorging. Nein, sie täuschte nichts vor, sie fühlte tatsächlich so. Sie war ehrlich zu mir, denn sie wusste, dass sie sich eine solche Ehrlichkeit erlauben konnte. Zum zweiten Mal veränderte sich unsere Beziehung, sie vertiefte sich noch weiter. Und das geschah unabhängig von Zygmunt, zumindest wollte ich, dass es so war, denn das befreite mich von Gewissensbissen. Wir wurden so etwas wie Komplizinnen. Dieses Stück war unser Stück, meines und ihres. Und niemand hatte das Recht, es kaputtzumachen, nicht einmal Zygmunt, oder gerade er nicht. Elżbieta gab mir zu verstehen, dass wir die Sache selbst in die Hand nehmen müssten, solange der Regisseur so teilnahmslos war. Vielleicht war sie deshalb hinausgegangen, um mir das zu übermitteln. Man kritisierte nicht das Spiel seiner Partner, dazu war der Regisseur da. Manchmal konnte man von sich aus etwas hinzufügen, etwas soufflieren, aber nur in bestimmten Fällen. Es kam auch darauf an, wer solche Anmerkungen machte. Mit Sicherheit durfte man das nicht als Anfängerin tun – oder als Schauspielerin, die nach langer Pause wieder auf der Bühne stand.

«Wir müssen zurück zu den andern», sagte ich und gab ihr ohne ein Wort zu verstehen, dass ihre Botschaft angekommen war.

«Geh schon, ich komme gleich.»

Ich ging zurück auf die Bühne.

«Na und, was ist?», fragte der Regisseur.

«Sie kommt gleich», antwortete ich.

«Was hat sie denn?»

«Frauen müssen manchmal kurz hinaus.»

Der Kollege, der den Einäugigen spielte, platzte heraus: «Andrzej, wenn du Weiber in der Besetzung hast, dann denk daran, dass sie ihre Tage haben.»

«Das steht nicht im Text, was redest du also? Spar deine Kräfte», sagte ich. Das war nicht sehr nett, denn alle im Ensemble wussten, dass der Schauspieler Probleme mit seinem Gedächtnis hatte. Der Grund dafür war wie gewöhnlich der Alkohol.

Elżbieta kam zurück und die Probe ging weiter.

Bei der nächsten Probe überreichte sie mir einen Umschlag. Ich musste nicht einmal hineinsehen, um zu wissen, was darin war. Sicher Bulgakows Roman über Molière. Und richtig. Ich las ihn heimlich, denn ich wollte nicht, dass Zygmunt mich dabei ertappte. Ich las ihn ja gegen ihn, gegen sein Spiel in diesem Stück, und die Beweise für seine Schuld fand ich in diesem schmalen, wunderbar geschriebenen Büchlein *Das Leben des Herrn Molière*. Tatsächlich, Zygmunt hatte nicht die geringste Ähnlichkeit mit Molière. Ihm fehlten die Falten, die Müdigkeit. Molière fühlte sich erschöpft, und die Tatsache, dass er sich verliebt hatte, war eine Belastung für ihn. Er wusste, dass er dafür bezahlen musste, aber er konnte nicht zurück, seine Liebe zu Armande war wie der Tod. Und Zygmunt hatte sich im vollen Besitz seiner Kräfte und mit dem Enthusiasmus eines Mannes verliebt, dem es gut ging. Er spielte Tennis, verfolgte den Bau seines Hauses und hatte seine Freude an mir. Er fühlte sich sicher in seiner Liebe. Wie also sollte er diesen von ständigen Problemen geplagten Menschen verstehen, der in die Liebe zu einem so viel jüngeren Mädchen, seiner eigenen Tochter womöglich, verstrickt war. Elżbieta dagegen verstand ihre Madeleine. Das spürte man. Von Probe zu Probe wuchs sie in ihre Rolle. Unwillkürlich wurden wir immer mehr ihre Zuschauer als ihre Partner. Die Szene ihrer Beichte ließ einem regelrecht den Atem stocken.

«Das ist eine große Ehre für mich Sünderin», sagte sie mit der Stimme einer Todkranken.

Der Schauspieler, der den Charron spielte, gab sein Letztes. Sie zog uns alle mit ihrer Rolle hinauf.

Er sagte: «Seid Ihr krank, mein armes Kind?»

Madeleine darauf: «Ja, mein Erzbischof.»

Charron: Wie, willst du die Welt verlassen?

Madeleine: Ja.

Charron: Woran leidest du?

Madeleine: Die Ärzte sagen, mein Blut sei verdorben, ich sehe den Satan, und ich fürchte mich vor ihm.

Charron: Arme Frau! Was tust du, um dich vor dem Teufel zu retten?

Madeleine: Ich bete.

Charron: Der Herr wird dich dafür in den Himmel heben und dich lieb gewinnen.

Madeleine: Wird er mich nicht vergessen?

Charron: Nein. Sprich, welche Sünden hast du begangen.

Madeleine: Ich habe mein Leben lang gesündigt, mein Vater. Ich war eine große Dirne, habe gelogen, war viele Jahre lang Schauspielerin und habe aller Welt den Kopf verdreht.

Charron: Erinnerst du dich an eine besonders schwere Sünde?

Madeleine: Nein, Erzbischof.

Charron: Die Menschen haben keinen Verstand. Du kommst mit einem glühenden Nagel im Herzen, und dort kann ihn niemand mehr herausziehen. Niemals! Verstehst du die Bedeutung des Wortes «niemals»?

Unser nicht allzu talentierter Kollege war in diesem Augenblick Geistlicher, Beichtvater und Verführer zugleich, er sprach fast schmeichlerisch, um Madeleine die Wahrheit zu entlocken, aber irgendwo hinter dieser Schmeichelei stand die Bedrohung. Sie aber war nur Madeleine.

CHARRON: Du wirst viele Feuer sehen, und zwischen ihnen…
MADELEINE: …geht ein Wächter hin und her…
CHARRON: …und flüstert… warum hast du deine Sünde nicht dort gelassen, sondern hierher mitgebracht?
MADELEINE: Und ich ringe die Hände und schreie zu Gott.
CHARRON: Und dann wird Gott dich nicht mehr erhören. An Ketten wirst du hängen, die Füße im Feuer. Und so wird es ewig sein. Verstehst du das Wort «ewig»?
MADELEINE: Ich habe Angst, es zu verstehen. Wenn ich es verstehe, muss ich sogleich sterben.

Elżbietas Gesicht war schmerzverzerrt, ihre Züge wurden starr, ich dachte schon, es sei etwas mit ihr. Aber all das betraf immer noch Madeleine.

MADELEINE: Ich habe es verstanden. Und wenn ich meine Sünde hier lasse?
CHARRON: Dann wirst du die ewige Messe hören.

Der Inspizient hatte sich vergafft und vergessen, das Band mit dem Kindergesang rechtzeitig einzulegen, sie aber bewegte die Hände, als würde sie sich in der Dunkelheit vortasten und sprach weiter:

Madeleine: Ich möchte die ewige Messe hören… Ich habe vor langer, langer Zeit mit zwei Männern gelebt und meine Tochter Armande empfangen und mich seither gequält, weil ich nicht wusste, von wem sie ist.

Charron: Ach, du Arme.

Madeleine: Ich habe sie in der Provinz zur Welt gebracht. Von Molière hatte ich mich zeitweilig zurückgezogen. Als sie schon groß war, holte ich sie nach Paris und gab sie für meine Schwester aus. Er wurde von Leidenschaft für sie gepackt und hatte ein Verhältnis mit ihr, und ich habe ihm nichts gesagt, um ihn nicht auch noch unglücklich zu machen. Vielleicht hat er meinetwegen eine Todsünde begangen, indem er mit seiner Tochter lebt, und mich in Verdammnis gestürzt. Ich möchte in die ewige Messe fliegen.

In diesem Augenblick begann Zygmunts Schützling zu schluchzen. Alle schauten sie an.

«Was machen Sie da?», fragte der Regisseur scharf. «Sie stören unsere Arbeit.»

Das Mädchen begann erst recht zu weinen. «Ich habe noch niemals von nahem gesehen, dass jemand so spielt.»

«Diese Weiber», sagte er abwinkend, «zurück an die Arbeit.»

Aber nicht nur die Studentin hatte die Szene mitgenommen, wir alle waren erschüttert. Zum ersten Mal war Elżbieta ganz aus sich herausgegangen.

Dann kam mein Auftritt.

«Nein, nein… Sie ist meine Schwester, meine Schwester», wehrte ich mich oder eher, wehrte sich Armande.

«Sie ist deine Mutter», donnerte Charron. «Du bist die Tochter von Molière und Madeleine. Ich vergebe dir. Aber du musst noch heute von ihm fortgehen!»

Vielleicht werde ich auch von ihm fortgehen, dachte ich, und im selbem Augenblick trafen sich meine und Zygmunts Blicke. Ich sah Angst in seinen Augen.

Nach der Probe gingen wir in die Kantine, um Tee zu trinken. Zygmunt war in Eile, er hatte noch Unterricht in der Miodowa*. Er nahm seine tränenselige Studentin mit, der die Vorgänge auf der Bühne noch immer sehr nahe gingen. Doch bei mir war es nicht anders. Bei uns allen, denn so etwas geschieht nicht oft.

«Elżbieta», sagte einer der Kollegen, «pass dich ein wenig an, denn was wird bei der Premiere? Dann gehen wir alle durch die Decke.»

Elżbieta lächelte leichthin.

Am Abend kam ich nach Hause und schleppte die Einkäufe, die ich vor der Probe gemacht hatte, in unsere Wohnung. Gleich darauf erschien Zygmunt.

«Ich habe wie blöd vor dem Theater auf dich gewartet, und du bist mit dem Bus gefahren», sagte er vorwurfsvoll.

«Wir waren nicht verabredet.»

«Aber ich richte es doch immer so ein, dass ich dich mitnehmen kann.»

Wir konnten das, was in der Probe geschehen war, nicht schweigend übergehen. Ich wusch wie gewöhnlich nach dem Abendessen das Geschirr, Zygmunt trocknete ab.

«Sie verausgabt sich unnötig», sagte er. «Eine Probe ist dazu da, dass man lernt, den Text zu beherrschen.»

«Du hast mir etwas anderes beigebracht.»

«Nun ja, man soll schon spielen, aber man soll noch etwas in Reserve behalten.»

---

* *Miodowa*, eine Straße in der Altstadt Warschaus. (A. d. Ü.)

«Ich habe jedenfalls von der Probe heute viel gelernt.»

Er schnaufte geringschätzig.

«Sie hat keinerlei Bühnentechnik, ich möchte wissen, was du von ihr lernen konntest.»

Ich schaute ihn an.

«Willst du damit sagen, dass dir nicht gefällt, wie sie spielt?»

«Nicht, dass es mir nicht gefällt. Sie ist gut in der Rolle…»

«Sie ist großartig!»

«Du musst immer übertreiben.»

Ich fühlte Zorn in mir aufsteigen, ich wusste, ich hätte das nicht sagen sollen, aber ich konnte mich nicht beherrschen. «Sie ist über uns alle hinausgewachsen in diesem Stück, und du existiert darin gar nicht!», brauste ich auf.

«Du bist viel zu rotznäsig, als dass du mich richtig einschätzen könntest», gab er scharf zurück, warf das Handtuch auf den Boden und verließ die Küche. Dann schaltete er den Fernseher an.

Es war für uns alle eine schwierige Zeit. Wir eiferten Elżbieta nach, aber wie kann man jemandem nacheifern, der gar nicht spielt, sondern selbst die Figur ist. Von Probe zu Probe wurde immer deutlicher, dass sie keineswegs vor uns brillieren wollte. Aber jedes Mal bei ihrer Beichtszene lief es uns kalt den Rücken hinunter, obwohl sie eigentlich gar nichts Besonderes machte. Sie sprach mit leiser, gequälter Stimme ihren Text, den wir alle auswendig konnten, und dieser Text klang wie die höchste Wahrheit. Es lässt sich ja auch schwer leugnen, dass der eine Schauspieler die magischen Worte: «Sein oder nicht sein» so spricht, dass der Zuschauer ergriffen ist, während ein anderer sie sagt, ohne damit irgendetwas auszulösen.

Was aber ist die Folge meiner Mystifizierung ihrer Person? Warum will ich mich erst zu erkennen geben, wenn sie zu mir kommt? Sie hat doch unseren ungeschriebenen Vertrag gebrochen, ist nicht zur Premiere gekommen, hat alle enttäuscht. Mehr noch, sie hat das Stück zerstört, denn mit ihrer Nachfolgerin konnten wir nicht mehr spielen, ihr Spiel war uns noch allzu gut im Gedächtnis. Deshalb also stecke ich hier drin, obwohl es mir immer unbequemer wird. Ich stecke hier drin, weil ich mit mir selbst spreche und dieses Gespräch noch nicht beendet ist.

Eines Tages kam Elżbieta nach der Probe zu mir, wartete, bis Zygmunt verschwunden war, denn er war ja ständig in Eile und kam auch ständig zu spät. Unterricht, Rundfunkaufnahmen, Probe im Fernsehen für das Montagstheater, gleich danach Gespräche mit dem Direktor dieses Theaters über die Inszenierung von Mickiewiczs *Totenfeier**, ein großes Projekt, das alle Teile des Werks umfassen sollte und ihn seit langem beschäftigte. Doch dafür brauchte man Geld, das wie üblich fehlte. Und dann waren da noch sein Tennisspiel und sein Krafttraining. Er sorgte sich sehr um sein Aussehen. Auch darin unterschied er sich von Molière, dem sein Äußeres völlig gleichgültig war, der an allen möglichen Krankheiten litt. Vielleicht wurde er gerade durch seine Hypochondrie krank.

Und hier wäre auch der Genius eines Menschen wertzuschätzen, der darüber lachen konnte, was ihn in seiner tiefsten Seele am meisten erschreckte. Über sich selbst zu lachen vermag nur jemand wirklich Großes. Als eingebildeter

---

* *Totenfeier*, dramatische Dichtung in vier Teilen, entstanden 1823–1832, eines der wichtigsten Werke von Adam Mickiewicz (1798–1855), wird selten in ganzer Länge aufgeführt. (A. d. Ü.)

Kranker schreibt Molière ein Stück über einen eingebildeten Kranken. Bei Bulgakow wird das persifliert: «Sagt, wer rettet seinen Magen?» – «Wer haufenweis Rhabarber frisst.» – «Bene, bene, bene, bene!»

Und Zygmunt, der niemals Kopfschmerzen hatte, der niemals eine Grippe bekam, auch wenn die halbe Schauspielschule krank war, wollte diese Gestalt geben. Und das bedeutete neben den künstlerischen Schwierigkeiten einen weiteren Diebstahl an seinem bis auf die letzte Minute ausgefüllten Tag.

Das war zu viel für einen Menschen, der außerdem noch mit seiner Frau in einer engen Einzimmerwohnung lebte und keine Möglichkeit hatte, sich zurückzuziehen. Ständig prallten wir aufeinander, ständig verlegte der eine dem anderen irgendetwas. Einmal fand sich ein Rollentext im Papierkorb wieder, und keiner von uns konnte sich erklären, wie er dorthin gekommen war. Ein anderes Mal suchten wir eine halbe Stunde seinen Tennisschläger, während sein Partner schon auf dem Platz wartete. Zygmunt war verärgert, aber als er sah, dass mir die Tränen in den Augen standen, wurde er sofort wieder freundlicher.

«Kleines», sagte er, «das spielt doch keine Rolle, denn wir haben uns ja bisher noch nicht totgeschlagen in diesen paar Quadratmetern, und das bedeutet, dass wir uns sehr lieb haben.»

Ich hatte auch noch lebhaft in Erinnerung, wie er eines Tages schon aus dem Haus gegangen war, unterwegs zu seinem Unterricht, und wegen eines Rohrbruchs im Bad noch einmal zurückkam, die Ärmel aufkrempelte und mir half, das Wasser aufzuwischen.

Und trotz all dem nahm ich bereitwillig die Einladung seiner ehemaligen Frau an und war auch noch glücklich darüber.

Ich überlegte, ob ich ihr Blumen kaufen sollte, aber eigentlich sollte eine Frau einer anderen Frau keine Blumen schenken, außerdem wären Blumen im Hinblick auf meinen ersten Besuch, als mir die Vase auf den Kopf gefallen war, etwas taktlos gewesen. Schließlich kaufte ich Wein. Sie hatte das Gleiche getan. Zuerst öffneten wir meinen, denn es war Rotwein, sie hatte Weißwein gekauft.

«Erinnerst du dich an einen Film mit dem Titel *Die Kurve*?», fragte sie, als wir die erste Flasche schon fast geleert hatten. «Du kannst dich ja gar nicht daran erinnern, du warst damals noch ein Rotznäschen. Das war der einzige Film, in dem Zygmunt und ich zusammen gespielt haben. Die beiden Hauptrollen.»

Sie sah mich aus den Augenwinkeln an.

«Möchtest du ihn dir anschauen? Ich habe ihn auf Videokassette aufgenommen, er lief einmal im Fernsehen.»

«Ja, gern», sagte ich höflich, obwohl ich mir dessen nicht so sicher war.

«Es ist ein guter Film, obwohl die Kritik ihn nicht beachtet hat, und eine gute Rolle für Zygmunt.»

Sie schaltete das Videogerät an, und nach einigen Sekunden erschien der Vorspann. Die Filmgesellschaft Tor zeigt den Film *Die Kurve*, in den Hauptrollen: Joanna – Elżbieta Górniak, Franek – Zygmunt Kmita … Die Geschichte einer Krankenschwester, einer Frau mit geregeltem Privatleben: fürsorglicher Mann, eigene Wohnung. Alles auf seinem Platz. Und plötzlich taucht ein unruhiger Geist auf, ein sozialistischer Outsider mit verworrenem Lebenslauf. Ein bisschen Bankier, mit verrückten Ideen und großem Charme. Ein polnischer Alain Delon. Delon war genauso charmant und glatt in seinem Spiel, auch er hatte viele Filme gedreht, gelungene und weniger gelungene. Filme, die man gleich nach dem Anschauen vergisst. War er auch ein solcher

Schauspieler von der Stange wie Zygmunt? Nur an eine seiner Rollen erinnere ich mich. Das Fernsehen zeigte den Film spät nachts, es war ein Schwarzweißfilm, die Kopie war schon sehr strapaziert. Er trug den Titel *Rocco und seine Brüder*. Zygmunt hatte keinen vergleichbaren Film gedreht, er hatte keine wirklich großen Rollen gespielt, nicht einmal bedeutende. Vielleicht war die in *Die Kurve* so eine?

Ich war aufgeregt, als er auf der Leinwand erschien, er war so jung, wahrscheinlich so alt wie ich jetzt. Mein Gott, wie jung. Ich verspürte auch einen Hauch von Wehmut, dass wir uns damals nicht begegnet waren. Aber damals war ich ja noch ein Rotznäschen, wie seine Frau gesagt hatte.

Joanna wehrt sich nach Kräften gegen die Gefühle zu unserem Outsider, da sie schon ahnt, dass das ein schlechtes Ende nehmen wird, und damit hat sie auch Recht. Denn er nimmt sie fast mit Gewalt mit auf eine Fahrt in einem gestohlenen Auto, fährt zu schnell, und in einer Kurve gerät der Wagen ins Schleudern. Die Heldin stirbt. In der letzten, wirklich ergreifenden Szene wischt Franek ihr das Blut ab, das ihr aus den Mundwinkeln rinnt – diese Geste ist von einer solchen Sanftheit, als würde die Tote das noch spüren.

Während ich den Film ansah, überlegte ich, warum Elżbieta ihn mir zeigen wollte. Was wollte sie damit erreichen, sollte er vielleicht eine Art Einführung zu einem Gespräch sein? Vielleicht hatte sie mich zu sich eingeladen, um von mir etwas zu fordern, zum Beispiel die Beendigung meiner Beziehung zu ihrem Mann. Was sollte ich ihr antworten, wenn sie damit ankam?

«Na, was sagst du?»

«Ein guter Film.»

«Zygmunt spielt gut.»

«Du spielst auch gut.»

«Ich bin etwas matt. Ich konnte mich nie an die Kamera

gewöhnen, sie hat mich verwirrt. Hast du gesehen, wie ich gehe? Als hätte ich einen Stock verschluckt.»

Warum sagt sie das alles, dachte ich.

Sie öffnete die zweite Flasche Wein und reichte mir ein Glas.

«Du hast in deinem letzten Film besser gespielt als ich», sagte sie, «du kannst besser mit der Kamera umgehen. Mir stand wohl die Schauspielschule zu sehr im Weg, man eignet sich da eine gewisse Künstlichkeit an. Die einen Schauspielerinnen können sie ablegen, die anderen nicht.»

Wieder sah sie mich von der Seite an.

«Ola, ich mag dich, wirklich», sagte sie unerwartet. «Und ich wollte dir sagen, dass ich mehr von dir bekommen habe, als du mir genommen hast. Sagt man das so? Am Anfang habe ich dich gehasst, aber du hast mein Leben verändert.»

«Zum Guten *und* zum Schlechten», gab ich selbstkritisch zu.

«Mehr zum Guten. Glaub nicht, dass ich mich nur deshalb im Hintergrund gehalten habe, weil ich unsere Kinder großzog, meine und Zygmunts. Das war ein Vorwand, der Vorhang, hinter dem ich mein Versagen, die Tatsache, dass mich kein Regisseur engagieren wollte, verstecken konnte. Damals war eine andere Art Schauspielerin in Mode, ein anderer Typ von Schönheit. Also ging ich jeden Monat ins Theater, die Gage abholen, und das war der einzige Grund meines Besuch dort, und ich kam mir sehr blöd vor.»

«Aber du hattest doch Erfolg in Mrożeks *Tango*.»

«Eine Zeitlang sind die Scheinwerfer auf dich gerichtet, dann erlöschen sie, es kommen andere. Das ist das Theater. Denk immer daran.»

Ich nickte zustimmend.

«Und deine Kinder?», wagte ich sie zu fragen.

«Mein Sohn ist im Ausland, er studiert dort, seit unserer

Scheidung hat er sich nicht gemeldet, er ist auf uns beide böse. Aber zu Ewa habe ich ein freundschaftliches Verhältnis. Na, sie unterstützt mich schließlich auch, sie ist sehr tüchtig, Unternehmerin mit eigener Firma. Sie führt sie zusammen mit ihrem Mann. Eine Geschäftsfrau. Übrigens spielt sie Zygmunts Fortgehen herunter. Sie meint, er sei schon lange nicht mehr wirklich bei uns gewesen.» Elżbieta überlegte einen Augenblick. «Eigentlich habe ich Zygmunt selbst gar nicht gebraucht, sondern die Institution der Ehe, denn sie ist schließlich eine Institution. Eine jahrelang aufgebaute Struktur. Und plötzlich stürzt sie zusammen. Was soll man dann tun?»

«Sich in Sicherheit bringen», warf ich ein. Mir war ein wenig schwindelig, denn ich trinke so gut wie keinen Alkohol. Und dann die Situation als solche, wie wir hier nebeneinander saßen und über etwas sprachen, über das gerade wir eigentlich nicht hätten sprechen sollen.

«Frau, sei nicht sicher über Tag noch Stunde», deklamierte sie laut und hob ihr Glas. «Vielleicht wird er schon morgen den Koffer vom Dachboden holen.»

Ich dachte an den Tag zurück, als Zygmunt mit dem Koffer in der Hand in der Tür meiner kleinen Wohnung stand, und ich kam mir sehr dumm vor. Elżbieta bemerkte meine Verwirrung anscheinend nicht.

«Auch Frauen verlassen ihre Männer», sagte ich.

«Seltener. Und verlassene Frauen haben bedeutend weniger Chancen als die Typen. Schau dich in unserem Milieu um, wie viele von ihnen ihre Frau gegen eine Jüngere ausgetauscht haben, ihre alten Ehefrauen leben vereinsamt bis ins Alter und werden allmählich zu traurigen Witwen.»

«Du meinst sicher, Zygmunt hätte mich gegen dich eingetauscht», sagte ich und schluckte vor Aufregung.

«Wenn ich so dächte, wärst du nicht hier. Anfangs dachte

ich das wohl, das muss ich zugeben, aber dann, als ich dich sah –»

Sie unterbrach sich plötzlich. Ich hatte Angst vor dem, was sie nun sagen würde.

«Du hast nichts gemein mit diesen kleinen Mädchen aus der Schauspielschule, die sich dem Rektor oder dem Herrn Professor an den Hals werfen, weil das die Chance für sic ist, nicht von der Bühne zu verschwinden. Du bist eine wirkliche Schauspielerin. Und Zygmunt und du, ihr liebt euch wohl wirklich. Was nicht heißt, dass er besser ist als all seine berühmten Kollegen.»

Sie goss mir Wein nach, und als sie sich vorbeugte, spürte ich ihren säuerlichen Atem auf meinem Gesicht. Mir wurde übel.

«Zygmunt behauptet immer, er habe seinen Geburtstag vergessen, sogar den fünfzigsten habe er verpasst. Glaub ihm das nicht, er stirbt vor Angst, er könnte nicht mehr fit sein. Er zählt seine Jährchen wohl! Jedes von ihnen, ich zähle meine Jahre auch... Du vielleicht noch nicht, ich schon.»

Es ist schließlich nicht meine Schuld, dass ihr beide alt werdet, dachte ich vorwurfsvoll.

Plötzlich lachte sie laut auf.

«Vergiss eines nicht, für ihn ist sein Tennis viel wichtiger als die größte Liebe. Wenn du ihn vor die Wahl stelltest, würde er den Tennisplatz wählen, stell ihm also keine Bedingungen.» Ihr Gesicht wurde ernst. «Du bist nicht sein Alibi, sein Schutz vor dem Alter. Er hat sich in dich verliebt. Früher hatte er ständig irgendwelche Affären. Er fuhr nach Krakau zu einer Schauspielerin am Alten Theater, alle wussten davon, aber mir war das egal. Ich lebte außerhalb des Theatermilieus. Mir ist sogar lieber, er ist mit dir zusammen, das ist irgendwie edler. Und du... sei mir nicht böse... Nun, du bist nicht nur ein Körper, das beruhigt mich…, und es entschuldigt ihn in meinen Augen.»

«Für uns drei», antwortete ich leise, «für dich, für mich und für ihn, ist das Theater das Wichtigste.»

«Sagte Armande zu Madeleine», fügte sie mit komischer Mine hinzu. Sie war wohl auch schon angesteckt.

«Zu der herrlichen Madeleine! Der großen Madeleine!»

«Und der verschreckten.»

«Wovor hat sie Angst? Sie muss keine Angst mehr haben…»

«‹Die Ärzte sagen, mein Blut sei verdorben, ich sehe den Satan, und ich fürchte mich vor ihm…›»

Ich beugte mich zu ihr hinüber, und sie umarmte mich. Sie wiegte mich in ihren Armen wie ein Kind.

Sobald Zygmunt außer Sichtweite war, verließen wir zusammen das Theater. Entweder bummelten wir durch die Stadt oder gingen im Łazienki-Park spazieren. Manchmal fuhren wir auch mit ihrem Auto hinaus ins Grüne. Es wurde allmählich Frühling, und manche Tage waren herrlich.

Die siebte Probenwoche begann, und die Premiere rückte immer näher. Das war zu spüren. Ich eilte ins Theater, als hätte ich Flügel. Nun wartete nicht nur Madeleine auf mich, sondern auch Elżbieta. Während einer unserer ersten Spaziergänge an der Weichsel hatte ich sie gefragt. «Warum hast du mir damals diesen Film gezeigt? Hatte das etwas zu bedeuten?»

«Ich wollte dir beweisen, dass ich eine schlechte Filmschauspielerin war.»

«Aber Zygmunt war auch noch da.»

«Er war besser.»

«Dafür bist du jetzt besser, ich weiß nicht, wie er damit umgeht. Alle sehen das ja.»

Sie schaute mich auf ihre typische Art an, etwas von der Seite. Mir schien, sie schielte leicht. Vielleicht hatte Jałowiecki deshalb gesagt, in ihrem Gesicht sei etwas Krankhaftes. Aber das Schielen entstellte sie nicht, im Gegenteil, es verlieh ihr weibliche Anmut. Eine italienische Schauspielerin, an deren Namen ich mich nicht erinnern kann, schielte auch, noch mehr sogar, und es wurde Bände geschrieben über ihre Schönheit. Wie hieß sie doch noch... Vielleicht hätte Elżbieta es gewusst, aber konnte ich sie nach einer schielenden Schauspielerin fragen?

«Er wird schon klarkommen», sagte sie, «wie immer.»

In ihrer Stimme schwang ein unwilliger Unterton.

«Du magst ihn nicht?», wagte ich zu fragen, ich dachte, unsere Vertraulichkeit gebe mir das Recht dazu.

«Ich glaube, man schwärmt nicht für jemanden, von dem man abhängig ist.»

«Du bist nicht von ihm abhängig. Er ist jetzt von *dir* abhängig. Du kannst ihm den Weg für seine Rolle ebnen oder ihn vernichten.»

Sie lächelte.

«Wie ich ihn kenne, bringt er es im letzten Augenblick irgendwie fertig, dass seine Rolle ganz oben steht.»

«Wie will er das machen? In zwei Wochen ist Premiere. Deine Madeleine wächst, sein Molière dagegen schrumpft.»

«Ich habe dir schon vor langer Zeit gesagt, er sollte ihn nicht spielen.»

«Das ist nicht unsere Sache», antwortete ich leichthin.

«Nein? Ich dachte, das sei sehr wohl unsere Sache.»

Ich spürte, dass Zygmunt mich etwas fragen wollte, nur nicht wusste, wie er anfangen sollte. Vielleicht wollte er über seine

Rolle sprechen. Er wurde von Probe zu Probe schlechter. Merkwürdig, dass der Regisseur nichts dazu sagte. Er war wohl der Meinung, ein Star sei genug. Ähnlich war es ja mit Łącki gewesen. Überall konnte es hapern, dann trat er auf, und das Publikum sah nur ihn. In der *Kabale der Scheinheiligen* stand Madeleine im Mittelpunkt.

«Ola», begann er endlich, «es ist Folgendes ... Du weißt doch, es gibt eine neue Zeitschrift, eine Art polnischen *Paris Match*, und der Chefredakteur möchte ein Interview mit uns beiden machen.»

Ich sah ihn überrascht an.

«Ein Interview, mit uns beiden?»

«Nun ja, ein Interview mit uns.»

Er machte ein unbestimmtes Gesicht.

«Wir wollten doch keine solchen Interviews geben. Unser Privatleben sollte doch unsere Angelegenheit bleiben.»

«Du hast Recht, aber ... er bietet uns viel Geld an. Es gibt einen Fonds zur Unterstützung der ersten Nummer. Als Startkapital, verstehst du.»

«Wie all diese deutschen Blättchen, die im Fernsehen angepriesen werden. Nur bei uns, meine Herrschaften. Zygmunt Kmita und Alexandra Polkówna sprechen über ihre Bettgeschichten. Kauft und seht selbst.»

Zygmunt wurde zusehends ärgerlich.

«Das ist etwas Besseres, und ... ich habe auch schon zugesagt.»

«Du hättest mich auch erst fragen können. Wenn du schon zugesagt hast, bleibt uns wohl nichts anderes übrig.»

Er sah mich aufmerksam an, es schien ihm verdächtig, dass ich so schnell einwilligte. Ich hatte es getan, weil ich gerade mit seiner früheren Frau einen Spaziergang gemacht und Gewissensbisse hatte, weil er von unserer ganzen vertraulichen Beziehung nichts wusste. Später sollte ich es bitter bereuen, dass ich in dieses Interview eingewilligt hatte. Die Leute von der Zeitschrift verkleideten uns, Zygmunt bekam einen Smoking, ich ein langes Abendkleid, dazu eine Perlenkette mit echten Perlen. Danach musste ich ein rotes Kostüm mit Minirock und Schuhe mit hohen Absätzen, schließlich noch einen Rollkragenpullover und einen anderen, wadenlangen Rock anziehen. Ich war erschöpft von diesem Kleiderwechsel und dem Posieren vor der Kamera.

«Legen Sie Ihrem Mann den Arm um den Hals, den Kopf auf seine Schulter, lächeln Sie, ein bisschen schelmisch.»

Lächle doch selbst schelmisch, du Esel, dachte ich böse, aber ich erfüllte seine Wünsche, denn ich wollte, dass Zygmunt das Geld bekam. Er brauchte es zur Fertigstellung des Hauses.

«Ist es wirklich so viel?», fragte ich, als die Mannschaft sich endlich aus dem Staub gemacht hatte.

«Ja», bestätigte er, «es reicht für das Dach.»

«Na, da bin ich aber froh», kommentierte ich die Angelegenheit.

Das Gespräch mit der Journalistin verlief angenehmer. Ich sprach mit ihr über die Dinge, die ich ihr sagen wollte. Nachdem sie gegangen war, hatte ich alles vergessen. Außerdem musste ich eilig ins Theater. Nach der Vorstellung sollte ich zu Elżbieta fahren. Ich hatte mich aus einem bestimmten Grund mit ihr zu dieser Tageszeit verabredet. Einmal hatte ich sie gefragt, was sie eigentlich machte, wie ihr Tagesablauf aussah, wenn sie nicht bei der Probe war!

«Ich werde von meiner Tochter unterstützt, das habe ich dir schon gesagt», antwortete sie.

«Aber was geschieht denn außerdem in deinem Leben?»

«Ich glotze in die Sterne.»

«Wie das?»

«Ich habe ein Teleskop auf dem Dachboden stehen. Du hast keine Ahnung, wie faszinierend das ist. Ich weiß schon einiges, aber ich will noch mehr wissen.»

Sie sah mich an.

«Du glaubst, alles beginnt und endet mit dem Theater. Aber es gibt so viele interessante Dinge. Zum Beispiel die Astronomie. Manchmal kann ich die halbe Nacht am Teleskop verbringen. Alles kehrt dann an seinen Platz zurück. Wären diese Beobachtungen der Sterne nicht gewesen, ich weiß nicht, was mit mir geschehen wäre, nachdem er gegangen war. Aber dabei wurde mir klar, dass er und ich nur winzige Teilchen im Kosmos sind. Welche Bedeutung hat es also, was so ein Teilchen empfindet?»

Ich war so überrascht über dieses Bekenntnis, dass ich eine ganze Weile nicht wusste, was ich sagen sollte. Und dann sagte ich wohl etwas Dummes. «Aber du wolltest nicht in die Scheidung einwilligen, du hast einen Widerruf geschrieben, doch es war schon zu spät.»

«Ich habe keinerlei Widerrufe geschrieben. Ich habe auch von diesem Gerücht gehört. Glaubst du, ich könnte so dumm sein, ein rechtskräftiges Urteil aufheben zu wollen?»

«Dann war das nur ein Gerücht?»

«Hast du dich noch nicht daran gewöhnt, dass Gerüchte in deinem Milieu die Wahrheit ersetzen? Alle wissen das, aber alle glauben die Gerüchte, weil es so bequemer ist.»

Und ich hatte es tatsächlich geglaubt. Also hatte mich ein Gerücht in ihr Haus geführt.

«Warum hast du so schnell in die Scheidung eingewilligt?»

«Weil er das so wollte.»

«Und du?»

Sie lächelte leichthin.

«Willst du von mir wissen, ob ich Zygmunt noch liebe? Ja und nein.»

«Genau wie ich», entfuhr es mir.

Ich verbrachte mit ihr viele Stunden auf dem Dachboden. Sie erklärte mir die Sternbilder.

«Siehst du, das dort ist der Große Bär, dort ist der Kleine Bär. Faszinierend ist auch die Beobachtung des Mondes. Weißt du, was Mondphasen sind?»

«So eine Art Mondfinsternis?», fragte ich unsicher.

«Wenn seine beleuchtete Seite von der Erde aus nicht sichtbar ist, spricht man von Neumond. Er steht dann genau zwischen Sonne und Erde. Und dann beginnt allmählich der Übergang vom Neumond zum Vollmond. Irgendwann einmal erzähle ich dir, welchen Einfluss der Vollmond auf den menschlichen Organismus hat.»

«Ich weiß nur, dass die Wölfe dann heulen.»

«Die Menschen auch, das kann ich dir versichern.»

Als wir wieder nach unten gingen, schaute ich auf die Uhr, es ging auf zwei Uhr zu.

«Es ist spät geworden», erschrak ich. «Ich muss nach Hause. Kann ich mir ein Taxi rufen?»

«Übernachte doch bei mir. Wir essen etwas, und ich beziehe dir das Bett im Zimmer oben.»

Ich sah sie verwundert an, denn das war ein überraschendes Angebot. Außerdem wusste Zygmunt nicht, wo ich war. Ich konnte ihm auch nicht Bescheid sagen, denn in unserer Wohnung gab es kein Telefon. Was seine guten und seine schlechten Seiten hatte. So wurden wir nicht ständig belästigt, denn niemand wollte so weit fahren, ohne sicher zu sein, dass wir zu Hause waren, und was die Rollenangebote anging… Ich war im Theater zu erreichen, Zygmunt an den verschiedenen Orten, an denen er sich regelmäßig aufhielt.

Aber jetzt war es ein Problem. Ich konnte ihr nicht sagen, dass ich nicht bleiben konnte, weil ihr Mann sich Sorgen machen würde. Sie wusste das nur allzu gut und hielt mich vielleicht deshalb auf.

«Ich möchte dir keine Umstände machen», sagte ich.

«Ich würde mich freuen, wenn du bliebst.»

In diesem Augenblick mochte ich sie nicht, aber ich brachte es nicht fertig, ihre Bitte abzuschlagen.

«Weißt du, was ein Meteoritenregen ist?», fragte sie, als wir beim Abendessen saßen.

«Eigentlich nicht.»

«Fallende Sterne ergeben einen Lichteffekt: Meteoriten treten in die Erdatmosphäre ein. Der größte Regen dieser Art wurde in der Nacht vom sechzehnten auf den siebzehnten November 1966 über Amerika, genauer über Arizona beobachtet.»

Ich sah sie an.

«Du bist ja ein echter Astronom.»

«Ich bedaure, dass ich keiner geworden bin, dies ist nur ein Hobby.»

«Du hast ja auch einen Beruf.»

«Einen Liebhaberberuf», sagte sie und lächelte, aber es wirkte unaufrichtig.

Sie kann mich gar nicht leiden, dachte ich, sie spielt ein Spiel mit mir. Vielleicht will sie sich zwischen mich und Zygmunt stellen? Ich sollte wohl lieber bei meinem Entschluss bleiben und ein Taxi rufen. Doch wenn sie mir das übel nimmt und nicht zur Probe erscheint... Ich hatte immer noch Angst, es könnte irgendetwas geschehen, sie könnte nicht kommen.

«Es ist wunderbar, was du mir gezeigt hast», begann ich, um unser Schweigen zu unterbrechen, «aber das sieht man sich einmal, ein zweites Mal an und was dann?»

«Es gibt da eine Monatszeitschrift, *Probleme*, für die schreibe ich.»

«Aber du bist Schauspielerin!»

«Nicht mehr. Ich bin zum Theater zurückgekommen, weil dir so sehr daran lag. Dein Gesicht rührte mich... wie du mich so erschrocken ansahst. Ich dachte mir, wenn sie ein solche Laune hat, warum soll ich ihr sie nicht erfüllen?»

«Eine Laune?», brauste ich auf. «Das ist die Rolle deines Lebens!»

«Ich denke nicht so darüber, das Theater ist nicht der Nabel der Welt.»

«Für mich schon.»

«Aber für mich nicht. Nimm das zur Kenntnis.»

Ich sprang auf.

«Du würdest die Rolle nicht so spielen, wenn du so dächtest.»

«Setz dich. Noch habe ich sie nicht gespielt, noch war keine Premiere», sagte sie streng.

Ihre Reaktion wunderte mich nicht, denn alle Schauspieler neigen zur Übertreibung. Ich tat es wahrscheinlich auch, wenn auch sehr viel weniger als zum Beispiel Zygmunt. Als wir einmal vor einer Premiere eine Straße entlanggingen, rutschte ihm der Rollentext, den er sich unter den Arm geklemmt hatte, weg und fiel auf den Boden. Ich bückte mich als Erste und wollte ihn ihm geben. Doch er entriss mir das Skript, warf es auf den Gehsteig und trat mit den Füßen darauf rum... Ich dachte, er sei verrückt geworden. Das war wohl so eine theatralische Übertreibung.

Ich kam gegen zehn Uhr morgens nach Hause in der Annahme, Zygmunt sei um diese Zeit bereits in der Schauspielschule. Aber er hatte auf mich gewartet. Sein Gesicht ließ mich erschrecken. Er war sehr blass, unter seinen Augen lagen Schatten.

«Wo warst du?»

«Fragte der eifersüchtige Ehemann…»

«Ich frage im Ernst.»

«Und ich antworte im Ernst. Ich war bei einer Freundin.»

«Bei einer Freundin in Ursynów?»

Ich lachte, aber es war ein gekünsteltes Lachen, denn ich fühlte mich nicht wohl in meiner Haut. Ich hatte nicht gedacht, dass sich Zygmunt wegen meines Fortbleibens solche Sorgen machen würde. Es war noch nie vorgekommen, dass ich nachts nicht nach Hause gekommen war.

«Die Freundin in Ursynów, die Hosen trägt? Habe ich recht?»

«Nein, hast du nicht», antwortete ich entschieden. «Ich war nicht in Ursynów, sondern in Sadyba, und nicht bei einer Freundin, sondern bei deiner früheren Frau Elżbieta. Ich habe ganz einfach die Zeit vergessen…»

Ich dachte, er würde mir nicht glauben und wenn, dann würde er es irgendwie kommentieren, aber er sagte nur: «Ich wünschte, ihr würdet mich weniger lieben.»

Die öffentliche Generalprobe begann pünktlich auf die Minute. Der Zuschauerraum war voll besetzt. Es hatte sich bereits in der Stadt herumgesprochen, dass die Schauspieler in diesem Stück auch im privaten Leben ein Dreiecksverhältnis hatten: In der zweiten Reihe erblickte ich Jałowieckis hoch gewachsene Gestalt. Er war immer im Theater, wenn etwas Interessantes geboten wurde. Ihn hatten wohl weniger die kursierenden Gerüchte hergelockt, er war gekommen, um das Stück zu sehen. Und er würde sicher nicht enttäuscht werden. Wir trugen Kostüme, und das hatte zur Folge, dass wir anders waren als während der anderen Proben. Ein Kostüm legt die Rolle fest. Manchmal lässt es sich damit leichter spielen, manchmal ist es eher hinderlich. Mir schien, dass das Kostüm der Armande gut zu mir passte.

Das Bühnenbild stand schon: die Kulissen des Palais Royal. Schwere Vorhänge, ein grüner Theaterzettel mit Wappen und Ornamenten, auf dem in großen Lettern geschrieben stand: Die Fürstlichen Komödianten, und darunter:

Jean Baptiste Poquelin de Molière – Zygmunt Kmita
Madeleine Béjart – Elżbieta Górniak
Armande Béjart de Molière – Alexandra Polkówna

Die Bühne zeigte zwei Garderoben, die durch einen Vorhang voneinander abgeteilt waren. In der ersten ein großer Spiegel, Sessel, Kostüme, in der zweiten ein großes Kruzifix an der Wand, davor eine brennende Kerze. Bulgakow schreibt in seinen Regieanweisungen trübes Licht vor, während in der ersten Garderobe viele Talglichter brennen sollen, um zu zeigen, dass «hier offensichtlich nicht an Licht gespart wurde». In der zweiten Garderobe stand auf dem Tisch eine Lampe aus farbigem Glas. So wollte es der Autor, und der Bühnenbildner hatte sich daran gehalten. Bulgakow schreibt: «Alles, sowohl die Gegenstände wie die Menschen – außer Lagrange –, lässt eindeutig auf ein ungewöhnliches Ereignis, auf Unruhe und Erregung schließen. Lagrange, der in der Vorstellung nicht mitwirkt, sitzt nachdenklich in der Garderobe. Er trägt einen dunklen Umhang. Er ist schön, jung und gewichtig. Die Laterne wirft geheimnisvolles Licht auf sein Antlitz.» Alles stimmte: Seit vielen Tagen herrschten bei uns im Theater Erregung und Unruhe, das Gefühl, es würde etwas Außergewöhnliches geschehen, verließ uns nicht. Das war sicher bedingt durch das Stück, aber nicht nur. Elżbietas Erscheinen trug einen wichtigen Teil dazu bei. Ihre Anwesenheit war für uns alle eine Art Doping: Wenn sie unter uns war, veränderte sich der Ausdruck unserer Gesichter und unserer Stimmen. Sie klangen gleichsam festlich, obwohl wir noch probten. Der Schauspieler, der den Lagrange spielte, machte den Eindruck, als habe er dessen Wesensart auch außerhalb der Bühne angenommen. Das war sehr komisch, denn er bewegte sich anders, sprach anders. Er hatte sich ganz offensichtlich mit seiner Figur identifiziert. Zygmunt bemerkte boshaft, die höhere Intelligenz habe über die niedere gesiegt. Zygmunt spielte in diesem Stück den Molière, Lagrange war sein Schreiberling. Und bevor der wirkliche Vorhang fiel, saß er in seiner Klause am Schreibpult, drehte die grüne Lampe zu sich her und begann seine Aufzeichnungen:

> LAGRANGE: Siebzehnter Februar. Wir gaben zum vierten Mal das Stück «Der Eingebildete Kranke», verfasst von Herrn de Molière. Um zehn Uhr abends fiel Herr de Molière, der den Argan spielte, auf der Bühne um und wurde ohne Beichte vom unerbittlichen Tode ereilt. Darum zeichne ich hier das größte schwarze Kreuz…

Hier versinkt Lagrange in Nachdenken und hat dabei ein sehr menschliches Gesicht. Was zeigt, dass unser Kollege eben sehr gut spielt.

> LAGRANGE: Was war die Ursache? Was? Wie soll ich das aufschreiben? War die Ursache die Ungnade des Königs oder die schwarze Kabale. Die Ursache war das Schicksal. So schreibe ich's hin.

Die letzten Worte des Stücks.

Ich durfte nicht zum Zuschauer werden, aber ich konnte

nicht anders, ich wartete immer auf Elżbietas Auftritt. Ich war wie gespalten. Ich sagte meinen Text, und vor meinen Augen flirrte das glühende Gesicht von Zygmunts Studentin.

Molière sagt: Ich glaube, ich habe dir den Rock zerrissen?

Und das unglückselige Fräulein ruft: O Gott, wie sehe ich aus...

Und läuft hinter die Kulissen. Wenn sie an mir vorbeigeht, spüre ich den scharfen Geruch von Schweiß, der von ihr ausgeht. Auch das ist Theater. Sie sollte die Armande spielen, die in dem Stück siebzehn Jahre alt ist. Ich bin schon etwas zu alt. Aber auch das ist Theater. Madeleines Auftritt ist von Flüstern begleitet, da ich hinter den Kulissen stehe, muss sie es besser hören, denn sie ist dem Zuschauerraum näher.

MOLIÈRE: Madeleine, ich habe Wichtiges mit dir zu besprechen. Ich will heiraten.
MADELEINE: Wen?
MOLIÈRE: Deine Schwester.
MADELEINE: Ich flehe dich an, sag, dass du Spaß machst.

Im Zuschauerraum ein Geräusch wie ein fortwährendes Seufzen.

MADELEINE: Niemand jagt einen Hund davon, der sein Leben lang das Haus behütet hat. Aber du, Molière, bringst das fertig. Du bist ein schrecklicher Mensch, Molière, ich habe Angst vor dir.
MOLIÈRE: Quäle mich nicht. Leidenschaft hat mich erfasst.

Madeleine fällt auf die Knie, kriecht zu Molière hin.

MADELEINE: Trotzdem, vielleicht kannst du deinen Entschluss noch ändern, Molière. Wir werden so tun, als hätte dieses Gespräch nicht stattgefunden. Ja? Wir gehen nach Hause, du zündest die Kerzen an, ich komme zu dir... Du liest mir den dritten Akt vom «Tartuffe» vor. Na? Ich finde, das ist ein geniales Stück...

Wie sie das sagt, dieser schmeichelnde Ton einer tödlich verletzten, aber klugen Frau, die weiß, dass man das nicht zeigen darf.

MADELEINE: Wenn du Rat brauchst, mit wem wirst du dich beraten? Sie ist doch noch ein kleines Mädchen. Weißt du, du bist älter geworden, deine Schläfe ist schon grau. Du liebst deine Wärmflasche. Ich richte dir alles. Stell dir vor, eine Kerze brennt, wir machen Feuer im Kamin, es wird nett werden. Und wenn... wenn du nicht anders kannst... Oh, ich kenne dich doch... Sieh dir die Rival an. Ist sie schlecht? Dieser Körper! Na? Kein Wort werde ich dazu sagen...

Mein Gott, dachte ich, wie sich das alles mit dem Leben vermischt, sie hätte ja so reden können, als er sie meinetwegen verlassen hat. Diese Rival spielt seine Studentin. Sie ist nicht so bedrohlich wie ich, denn er liebt sie nicht. Warum ist mir das nicht früher eingefallen. Er hat schlecht gespielt, jetzt spielt er wunderbar, einen Molière, der Madeleine würdig ist. Was ist mit ihm geschehen? Woher diese Wandlung? Kostüm und Maske haben ihn nicht verändert. Obwohl... als Sganarelle kostümiert – violette Nase mit Schnauzbart, auf dem Kopf eine übertrieben große Perücke, dazu ein karikierter Helm – ist sein Gesicht mit Schminke bedeckt, die ihm zusammen mit dem Schweiß hinunterläuft. Bulgakow wollte, dass sein Held in diesem Moment lächerlich aussieht. Und tatsächlich, er war lächerlich und tragisch zugleich.

Eben sagt er:

MOLIÈRE: Besinn dich. Was redest du da? In was für eine Rolle steigerst du dich?

Sie springt jetzt auf, ihr Gesicht ist wutverzerrt, sie sieht aus wie eine Megäre.

MADELEINE: Wen du willst, aber nicht Armande! Oh, verflucht sei der Tag, an dem ich sie nach Paris brachte!

Wieder geht ein Seufzen durch das Publikum, diesmal ist es Bewunderung für die beiden, ich spüre es. Gleich kommt mein Auftritt. Die Vorstellung geht weiter. Gleich kommt die berühmte Beichtszene. Mein Gott, hoffentlich geschieht nichts Schlimmes, nichts, was sie stören könnte, wie damals das falsch eingelegte Band mit dem Kindergesang. Aber nichts kann mehr das stören, was jetzt geschieht.

Ich habe sie schon so oft diese Szene spielen sehen, und jedes Mal erschien mir ihre Größe unerreichbarer.

Als sie ihren Schlusssatz sagt: «Armande, Armande, meine Schwester, komm her, der Erzbischof wird auch dich segnen! Ich bin glücklich! Ich bin glücklich», spüre ich, dass mir Tränen die Wangen hinunterlaufen. Bisher hatte ich im Theater nur geweint, als ich Łącki im *Geizigen* sah, vielleicht war es also kein Zufall, dass sie am gleichen Tag wieder auf die Bühne zurückkam, als er sie durch seinen Tod verlassen musste. Vielleicht hatten sie sich abgewechselt, hatte er ihr seinen Genius überlassen …

Elżbieta ist jetzt neben mir hinter den Kulissen, berührt meine Wange.

«Was machst du denn da», flüstert sie, «du musst gleich auf die Bühne!»

Sie gibt mir einen leichten Schubs. Ich trete in den Lichtkreis hinein, nähere mich dem Beichtstuhl, wo Charron mich erwartet. Armande hat doch einen Grund zum Weinen – in einem solchen Augenblick, denke ich.

Damals, in dem kurzen Moment hinter den Kulissen, als sie von der Bühne kam und ich sie betrat und als sie mich auf diese Bühne hinausschickte, indem sie mir einen leichten Schubs gab, geschah etwas zwischen ihr und mir. Wir waren auf der Bühne zu einem Körper geworden.

Man soll nie zu früh triumphieren. Jetzt weiß ich das. Ich werde bis an mein Lebensende daran denken. Hinter den Kulissen fiel ich Zygmunt um den Hals.

«Wie schön du gespielt hast!»

«Das war noch nicht die Premiere.»

«Für mich war sie schon heute, es kann nichts mehr auf der Bühne geschehen, was das übertreffen könnte.»

Ich bemerkte Angst in seinen Augen. Es war bereits dieselbe Angst wie später, als Brzeski unsere Garderobe betrat und sagte, Elżbieta sei nicht im Theater und wenn sie nicht in der nächsten halben Stunde erscheine, müsse man die Premiere absagen. An alles, was dann geschah, erinnere ich mich nur noch nebelhaft. Ein Ereignis aber ist mir noch genau im Gedächtnis: das Eintreffen von Zygmunts Tochter, ihrer Tochter. Wie merkwürdig sie ihnen beiden ähnlich sah. Die eine Hälfte des Gesicht war ihre, die andere seine. Die Stirn, die Augen, die Nase hatte sie von der Mutter, Mund und Kinn vom Vater. Zygmunt schrie: «Wo ist sie? Wie kann sie uns so etwas antun!» Seine Tochter verzog leicht das Gesicht. Sie war von einer beinahe eisigen Ruhe.

«Ich bin nicht taub, du brauchst nicht so zu brüllen», sagte sie. «Und außerdem, du hast wohl die Rollen verwechselt, du spielst in diesem Stück nicht mit. Du spielst in einem anderen – den gealterten Romeo.»

Ich dachte, Zygmunt würde sich auf sie stürzen, ich war sogar bereit, mich schützend vor sie zu stellen, doch sie sprach weiter in demselben beherrschten Ton und wandte sich nun an uns alle, die wir in der Garderobe anwesend waren: «Elżbieta Górniak wird nicht spielen. Sie spielt nicht und damit Schluss. Und sie muss euch darüber keine Rechenschaft ablegen.»

«Das würde sich aber wohl so gehören», sagte Brzeski, aber wenigstens schrie er nicht mehr herum, dass Elżbietas Górniaks Tage gezählt seien, wenn sie nicht wenigstens wegen eines Unfalls ins Leichenhaus gebracht worden sei. «Ich kann mich nicht erinnern, dass einer meiner Schauspieler je eine Premiere geschmissen hätte.»

«Dann wissen Sie jetzt, wie das ist, wenn jemandes Leben zerstört wird», antwortete Ewa, machte auf dem Absatz kehrt und ging.

Niemand hielt sie zurück.

«War jemand bei Elżbieta zu Hause?», fragte der Regisseur.

«Alles fest verschlossen», kam die Antwort, «und das Telefon ist taub.»

Von hinten war ein Flüstern zu hören, dass Zygmunts Tochter mit einem Mercedes des neusten Typs fortgefahren sei. Das alles hatte etwas Gespenstisches. Irgendetwas musste geschehen, dachte ich. Und es war geschehen, dass sie nicht kommen konnte und ihre Tochter für sie einsprang, die aber einen vollkommen anderen Text vor uns spielte als den, mit dem ihre Mutter sie hergeschickt hatte. Sie hatte so gesprochen, als wollte sie ihrem Vater die

Hölle heiß machen. Und das war ihr hundertprozentig gelungen.

«Ich habe euch gewarnt», sagte Zygmunt, kreidebleich im Gesicht. «Sie hat Angst vor der Konfrontation mit dem Publikum. Sie hatte immer Angst davor, das Lampenfieber hat sie erstickt, und deshalb hat sie aufgehört zu spielen.»

Aber wenn Elżbieta sich auf diese Weise rächen wollte, war dann die Freundschaft mit mir die ganze Zeit nur ein Spiel gewesen? Vielleicht war das nicht nur gegen mich, sondern auch gegen Zygmunt und das Theater, das sie verstoßen hatte, gerichtet.

«Ich gehe das Publikum informieren», sagte Brzeski niedergeschlagen.

Auch die anderen gingen auseinander, ich blieb allein in der Garderobe zurück. Nach einer Weile erschien der Kollege, der den Einäugigen gespielt hatte, und warf mir eine Zeitschrift auf den Schoß.

«Vielleicht ist das der Grund», sagte er und machte auf dem Absatz kehrt.

Mit einigem Erstaunen sah ich auf der Titelseite Zygmunt im Smoking und mich im langen schwarzen Rock mit einer Perlenkette, die mir bis zum Gürtel reichte. Ich hatte ihm den Arm um den Hals gelegt und schaute lächelnd ins Objektiv. Diese schelmische Lächeln!, schoss es mir durch den Kopf. Auf Zygmunts Brust die Aufschrift: «Zygmunt Kmita verehrt seine Frau in doppelter Weise.» Schon das ärgerte mich. Das Interview fand ich im Innern der Zeitschrift. Dort waren die anderen Fotos von uns, und darunter stand sehr klein gedruckt: «Die Garderobe liehen uns folgende Firmen ...» Nicht einmal das ist uns erspart geblieben, dachte ich. Zygmunt sah aus wie ein Komödiant und ich wie eine komplette Idiotin, die Dinge sagte wie: «Ich habe Autogramme von Zygmunt Kmita, Ewa Wiśniewska und Janusz

Gajos in meiner Schublade. Ich holte sie mir bei deren Gastspielen im Theater unserer Stadt, damals ging ich noch zur Schule. Und jetzt sind Ewa Wiśniewska und ich die besten Freundinnen, bei den Gajos' sind wir oft zum Abendessen, und Zygmunt Kmita ist, wie allgemein bekannt...» Zygmunt Kmita ist, wie allgemein bekannt... Was war das für ein Stil! Und lauter Lügen, angefangen damit, dass es in meiner Stadt gar kein Theater gab. Ewa Wiśniewska kannte ich kaum, sie spielte an einer anderen Bühne, und Janusz Gajos baute wie wir ein Haus und veranstaltete keine Abendessen. Aber das war noch gar nichts. Weiter las ich meine Antwort auf die Frage der Journalistin, wie die Reaktion von Zygmunts Bekannten und seiner Familie auf unsere Eheschließung gewesen sei. «Ich werde verfolgt, habe Angst, das Theater allein zu verlassen, ich erhalte anonyme Anrufe und Drohungen. Aber mein Mann sagte: ‹Wir werden abwarten, das wird ihr schon langweilig werden!› Und wie immer hatte er Recht.» Als ich das las, fühlte ich, wie alles in mir erstarb, ich fürchtete, mir würde gleich das Herz stehen bleiben – einfach aufhören zu schlagen. «Sie haben viel durchgemacht und haben trotzdem eingewilligt, in der *Kabale der Scheinheiligen* zusammen mit den anderen Schauspielern zu spielen.» «Ich bin nicht rachsüchtig, ich vergesse das Schlechte und denke nur an das Gute». «Danke für das Gespräch.»

Also, dachte ich, die Hervorhebung der Worte «das wird ihr schon langweilig werden», «zusammen mit den anderen Schauspielern», das ist es, das ist der Grund, weshalb sie nicht zur Premiere gekommen ist. Ich wäre auch nicht gekommen. Niemand an ihrer Stelle wäre gekommen. Kannte ihre Tochter das Interview? Wenn ja, dann war sie eine gute Schauspielerin. Keines ihrer Worte war direkt an meine Adresse gerichtet gewesen. Sie war an mir vorbeigegangen, hatte mich aber nicht beschimpft. Ich hatte Glück gehabt. Und in diesem Interview auch, man hätte die Worte auch ebenso gut Elżbieta in den Mund legen können. «Wie waren die Reaktionen der Bekannten und der Familie auf die Eheschließung ihres früheren Mannes?» Und hier die Antwort. Genau die, die mir in den Mund gelegt worden war. Ebenso auf die zweite Frage: «Ich bin nicht rachsüchtig…» und so weiter. Es wäre besser gewesen, Elżbieta diese Kleider anzuziehen. Ich hätte es ihr verziehen. Sie kann mir nicht verzeihen, denn sie glaubt das. Im umgekehrten Fall wäre die Premiere nicht ausgefallen. Warum waren die Redakteure der Zeitschrift nicht auf diesen Gedanken gekommen? Die Bekenntnisse einer verlassenen Ehefrau sind genauso interessant wie die Bekenntnisse ihrer Nachfolgerin. Da der Verfasser dieses Interviews sowieso akribisch die meisten meiner Antworten herausgestrichen und durch frei erfundene Äußerungen ersetzt hatte, warum hatte man nicht die Meinung der dritten Seite hinzugefügt? Schließlich ging es doch um ein Dreiecksverhältnis. Auch der Titel hätte besser sein können. Zum Beispiel: «Tango für drei.» «Tanzen Sie gerne mit zwei Damen? Welche ist die bessere Partnerin? Ist das nicht unbequem, schließlich ist es ein Tanz für zwei Tänzer. Für zwei, nicht für drei…» «Man gewöhnt sich daran», hätte Zygmunts Antwort lauten können.

Auf dem Flur waren Stimmen zu hören, ich zitterte. Wenn mich jemand erwischt, dachte ich. Aber wobei eigentlich? Dabei, dass ich mir die Wirklichkeit ausdachte? Das hatte Darek mir immer vorgeworfen, der selbst mit beiden Beinen auf der Erde stand. Die Redaktion dieser Zeitschrift konnte Elżbieta nicht zu einem Gespräch einladen, nicht einmal zu einem fiktiven Gespräch. Denn Zygmunt und ich hatten profitiert. Und man macht keine Schweinerei mit denen, die man bezahlt. Ich trat hier als betrogene Unschuld auf. Die Sympathie der Redaktion war deutlich auf meiner Seite, auf der Seite dieser armen, von anonymen Anrufen und Drohungen gequälten Frau. Dafür hatten sie uns bezahlt. Zygmunt rechnete mir vor, das sei meine Gage für drei Jahre.

Vielleicht reicht es wirklich für das Dach, dachte ich und wurde plötzlich ruhig. Ich werde in dem Haus nicht wohnen.

Jemand öffnete die Tür meiner Garderobe. Nur nicht er, schoss es mir durch den Kopf, nicht jetzt. Ich wollte ihn jetzt nicht sehen. Doch es war Zygmunts Studentin. Sie trug immer noch ihr Kostüm wie ich übrigens auch.

«Die Leute verlassen das Theater», sagte sie mit einer fast hysterischen Stimme.

Sie hatte rote Flecke im Gesicht und weit geöffnete Pupillen, als hätte man ihr Atropin gegeben.

«Und wo sind die Kollegen?»

«Bei dem Herrn Direktor im Arbeitszimmer, sie beraten, wer stattdessen spielen soll.»

Also ist es wahr, dass sie die Madeleine nicht spielt, wurde mir schmerzhaft klar. Jemand anderes wird sie spielen.

«Der Herr Direktor bittet Sie, auch zu kommen.»

«Der Regisseur», verbesserte ich sie.

«Aber er ist doch auch der Herr Direktor.» Sie schaute mich mit verstörtem Gesichtsausdruck und blitzenden Augen an.

Dass die Aufführung abgesagt war, musste für sie ein schreckliches Erlebnis sein. Für jeden Schauspieler ist das ein schreckliches Erlebnis, für mich war es eine Katastrophe. Wenn Elżbieta nun wirklich nicht mehr kommen würde... Warum... Irgend so ein dummes Interview hatte das, was wir gemeinsam aufgebaut hatten, sie und ich, zunichte gemacht. Wochen schwerer Arbeit, mörderischer Anstrengung und das alles für nichts und wieder nichts, nur weil irgend so ein Blättchen auf den Markt kommen musste. Immer geht es ums Geld, dachte ich wütend. Und ich verspürte Bedauern, dass sie so wenig Vertrauen zu mir gehabt hatte. Sie hätte mich doch nun kennen und wissen sollen, dass ich sie nicht bewusst schlecht machen und diesen Schreiberlingen ausliefern wollte. Aber da waren die Fotos…, ein sachlicher Beweis. Zygmunt und ich in Umarmung, mit gefletschten Zähnen ins Objektiv schauend, ich im knappen Rock, in einen Armsessel gekauert. Der Sessel stammte aus der Zeit von Louis Philippe und war ebenfalls geliehen wie unsere Kleider. Zwei Komplizen als Ehepaar verkleidet…

«Kommen Sie, Alexandra?»

Ich stand auf, legte das Magazin mit der Titelseite nach unten zur Seite, damit sie die Fotos von uns nicht sah, aber sie sagte freudestrahlend: «Oh, das ist die Zeitschrift! In der Schauspielschule haben wir alle das Interview mit Ihnen und dem Herrn Professor gelesen. Es ist phantastisch, wirklich, und der Herr Professor sieht so gut aus auf den Fotos. Am besten steht ihm der Smoking, wir waren uns einig, dass er Sean Connery ähnelt, aus den James-Bond-Filmen. Connery trug dort auch einen Smoking und eine Fliege.»

Ich wich ihr aus und eilte den Korridor hinunter, sie konnte mir nicht so schnell folgen. Als ich das Arbeitszimmer des Direktors betrat, schauten alle auf mich.

«Für die Rolle der Madeleine schlage ich folgende Neubesetzung vor», sagte Brzeski gerade und nannte den Namen der Schauspielerin. «Wir werden versuchen, die Premiere in einer Woche anzusetzen, mit zwei Proben täglich.»

«Und wenn sie wiederkommt?», fragte ich.

«Dazu hat sie keine Veranlassung mehr», antwortete er hart.

Ich lief aus dem Zimmer, zog mich schnell in meiner

Garderobe um und verließ das Theater. Ich beschloss, nach Ursynów zu Darek zu fahren, das war im Augenblick der einzige Ort, wohin ich mich flüchten konnte.

Als Darek mich in der Tür stehen sah, erschrak er.

«Bist du nicht im Theater? Du hast doch heute Premiere.»

«Es gab keine Premiere», antwortete ich mit fremder Stimme, die ich selbst nicht wieder erkannte, «eine der Schauspielerinnen ist nicht gekommen.»

Und plötzlich drückte ich mich auf den Fußboden in eine Ecke des Flurs.

«Sie ist nicht gekommen! Sie, Madeleine!»

Ich saß auf dem Boden und schluchzte. Darek wollte mir aufhelfen, aber ich wehrte mich.

«Beruhige dich», redete er mir zu. «Ein denkender Mensch kann doch nicht solche Dummheiten machen. Und das, was du jetzt machst, ist dumm.»

«Weißt du immer alles so genau?»

«Immer!»

«Dann bist du kein Mensch.»

«Mit Sicherheit bin ich kein Schauspieler.»

Es gelang ihm, mich aus meiner Ecke hervorzuziehen, er trug mich regelrecht ins Zimmer und warf mich auf einen Sessel. Ich kauerte mich hinein und zog die Knie ans Kinn.

«Hast du Wodka?» fragte ich.

«Whisky.»

«Dann gib mir welchen.»

Er goss ein Glas halb voll und reichte es mir.

«Mit Eis?»

«Ohne.»

«Du wirst dich betrinken.»

«Genau das will ich auch. Ich trinke, um mich zu betrinken. Ich weiß, das ist dumm, aber ich kann nicht anders.»

Darek lächelte ein schiefes Lächeln.

«Und du», fragte ich.

«Ich trinke nicht.»

«Dann muss ich also allein trinken.»

«Es scheint so.»

«Ich kann auch das Lokal wechseln.»

«Wie du willst.»

Es kränkte mich, dass er so schnell nachgab.

«Früher hättest du das nicht gesagt. Früher hast du mich geliebt.»

«Ist das der Text eines neuen Stückes?», fragte er ironisch.

«Nein, mein eigener. Leider, und er ist Wirklichkeit. Ich dachte immer, wenn mir etwas Schreckliches zustößt, bist du da…, und ich kann zu dir kommen.»

«Aber was ist denn so Schreckliches geschehen? Dass die Premiere verschoben wurde? Das ist passiert und wird wieder passieren. Man sollte aus solchen Lappalien keine Tragödie machen.»

Ich überlegte, ob ich nicht wirklich gehen sollte, das war nicht mehr der Junge, mit dem ich mich einst ohne Worte verstanden hatte, der bereit gewesen war, sich die ganze Nacht in einem Zug herumzudrücken, um eine Theatervorstellung zu sehen. Jetzt trennten ihn von diesen Theatern fünfzehn Minuten Fußweg, und er ging nicht mehr hin.

«Bring die ganze Flasche her», sagte ich.

«Willst du dich wirklich betrinken?»

«Glaubst du's nicht?»

«Wozu denn?»

«Ich habe meine Gründe.»

Er erfüllte meine Bitte. Ich goss mein Glas voll und trank es Schluck für Schluck aus.

«So trinkt man keinen Whisky», ließ er sich vernehmen und beobachtete mich von seinem Platz aus.

Beim zweiten Glas spürte ich, dass mir schwindelig wurde. Mein Körper wurde schwer, es war mir, als würde ich jeden Augenblick ohnmächtig.

«Dieses Interview – hast du es vielleicht gelesen?»

«Ja, die Titelseite hat mich verleitet. Ich habe die Zeitschrift gekauft und gelesen.»

«Wenn du sie gekauft hast, hat sie es auch getan.»

«Ich sehe da keinen Zusammenhang…»

«Alle haben sie gekauft, sie also auch. ‹Mit den anderen Schauspielern zu spielen…› Wie pfiffig das angegangen wurde, so zuschlagen, dass keine Spuren bleiben… Töten und auf den Zehenspitzen verschwinden.»

Darek kam zu mir und beugte sich über den Sessel. Er hatte etwas unfreiwillig Komisches an sich, so lang und krumm wie er war.

«Ein Reiher kam zum Kranich…», stammelte ich. «Nein, der Kranich kam zum Reiher… Wie heißt es in dem Gedicht? ‹Ein Kranich kam daher und schmollt, nun leb' ich ohne Frau, was soll's…› Weißt du noch den Anfang?»

«Alexandra», sagte er und fasste mich bei der Hand.

Ich zog sie ihm weg.

«Nenn mich nicht ‹Alexandra›, sonst sage ich Dariusz zu dir, und das wird dir blöd vorkommen…»

«Willst du reden?», fragte er mit einem Mal in einem ganz anderen Ton.

«Ja.»

«Dann gehen wir ins andere Zimmer hinüber.»

«Ich will reden, aber nicht vögeln.»

Er fasste mich energisch am Arm und zwang mich aufzustehen, dann führte er mich ins Schlafzimmer und schubste mich aufs Bett. Einen Augenblick lang dachte ich erschrocken, was er wohl mit mir vorhabe, aber er deckte mich mit einer Decke zu und setzte sich neben mich.

«Rede.»

«Eine Katastrophe», sagte ich und spürte, wie alles in mir erbebte, ich war dem Weinen nahe.

«Für wen?»

«Das weiß ich eben nicht – und das erschreckt mich am meisten.»

Ich erzählte ihm alles der Reihe nach, angefangen bei meinem ersten Besuch im Filmarchiv über den Besuch bei Elżbieta und meine Idee, sie in diesem Stück spielen zu lassen, bis zur Generalprobe.

Stille trat ein.

«Aber warum bist du eigentlich zu ihr gegangen, damals, das erste Mal. Das verstehe ich nicht.»

«Ich auch nicht», antwortete ich wahrheitsgemäß. «Ich habe oft darüber nachgedacht... Vielleicht wollte ich etwas nachprüfen.»

«Und was?»

Ich überlegte eine Weile. Durch die große Menge Whisky erschien mir mein Gehirn wie aufgeweicht.

«Weißt du, beim Theater ist es so, dass man zwar jung ist, aber es kommt noch jemand Jüngeres und steht hinter einem. So wie in diesem Stück, wo die Armande siebzehn Jahre alt sein soll... Ich bin also eigentlich schon zu alt für die Rolle. Das heißt, objektiv gesehen bin ich jung, aber... Die Zeit ist nun allmählich gegen mich. Vielleicht wollte ich sehen, was die Zeit mit einer Schauspielerin macht. Und ich wollte mich nicht damit abfinden, dass sie nicht mehr auf der Bühne stand, verspielt hatte, denn das war so, als hätte ich verspielt. Verstehst du? Vielleicht habe ich alles nur meinetwegen getan, nicht ihretwegen... Ich wollte mir beweisen, dass ich, selbst wenn ich als Frau verloren habe, das auf der Bühne kompensieren kann. Und das wollte ich auch für sie. Darum habe ich gekämpft...»

«Ein Monolog, der Lady Macbeth würdig wäre! Die war auch so ehrgeizig.»

«Mach dich nicht lustig!»

«Ich kann es nicht ernst nehmen, wenn eine junge begabte Schauspielerin, die jeder engagieren will, fürchtet, ihr könne einmal etwas im Leben nicht gelingen.»

Ich schüttelte den Kopf.

«Sie war auch einmal jung und begabt. Sie hatte Erfolg in dem Stück von Mrożek, so wie ich mit dem von Tschechow, wir hatten einen ähnlichen Start. Aber ihr ist es nicht gelungen – das heißt, sie hat irgendwo einen Fehler begangen, und den will ich nicht wiederholen. Ich muss wissen, was der Grund dafür ist …»

Jetzt schüttelte Darek den Kopf.

«Fehler macht man auf eigene Rechnung.»

Ich merkte, dass ich auf die Toilette gehen musste. Ich setzte mich auf.

«Wohin gehst du?», fragte er erschrocken. In seinen Augen war tatsächlich Angst. Also war er nicht ehrlich gewesen, als er mich anfangs so leicht hatte gehen lassen wollen. Es ist immer ein Spiel. Immer.

«Ich komme gleich wieder», sagte ich und unterdrückte ein Lachen.

Auf der Toilette, die so eng war, dass ein Waschbecken keinen Platz hatte, fand ich ein Buch auf dem Fußboden. *König Lear ist tot*, die letzten Erinnerungen an Łącki, geschrieben von seiner Frau. Warum hatte Darek es hier liegen? Er, ein fanatischer Verehrer dieses Schauspielers.

Ich ging zurück und nahm das Buch mit.

«Warum hast du das auf dem Klo liegen?»

«Weil es dort hingehört», gab er zurück.

Ich schaute ihn überrascht an.

«Das ist dummes Zeug, eine Beleidigung seines Namens»,

brauste er auf. «Schade, dass es bei uns nicht mehr die Sitte gibt, Witwen auf dem Scheiterhaufen zu verbrennen!»

Wir sind alle verrückt geworden, dachte ich und kroch wieder unter die Decke.

«Ich muss wissen, warum es nicht zur Premiere kam», kam ich auf unser Gespräch zurück, «unbedingt…»

«Warum?»

«Elżbietas letzter Auftritt war ein richtiges Fest für die Bühne. Ihre Größe hat alle beflügelt.»

Stille, dann hörte ich ihn sagen: «Du spricht von der Größe einer sitzen gelassenen Ehefrau, die es ihrem Mann heimzahlen will?»

«Du spinnst!»

Ich saß mit angezogenen Knien auf dem Bett.

«Ihre Größe existiert womöglich nur in deinem Kopf. Haben die anderen das denn bestätigt? Hast du irgendein Urteil über ihr Spiel gehört, zum Beispiel vom Regisseur?»

«Es genügt, dass ich es mit eigenen Augen gesehen habe.»

Darek lachte.

«Man sieht, was man sehen will. Ich würde abwarten, was die anderen sagen.»

«Da kannst du lange warten. Madeleine hat die Bühne für immer verlassen.»

«Nicht Madeleine, sondern nur die Schauspielerin, die sie gespielt hat», antwortete er mit erhobener Stimme. «Hör auf, Leben und Kunst zu vermischen, das wird schlimm für dich enden. Das darfst du nicht tun, verstehst du!»

«Irina hatte Recht», seufzte ich.

«Welche Irina?»

«Irina. Du warst mal der Klügste, bist es aber nicht mehr. Wie Maschas Mann.»

«Welche Mascha?»

«Mascha eben.»

Ich fiel nach hinten auf den Rücken, fühlte, wie ich immer schwerer wurde, meine Lider fielen von selbst zu. Ich muss dann eingeschlafen sein, denn ich kann mich an den Fortgang unseres Gesprächs nicht mehr erinnern. Ein heftiges Klingeln an der Tür weckte mich. Ich war allein im Schlafzimmer, es brannte nicht einmal Licht.

Ich erkannte Zygmunts Stimme: «Es ist schon spät, aber ich wollte mich erkundigen, ob meine Frau vielleicht hier ist?»

«Sie schläft», antwortete Darek kurz.

«Mit Ihnen?»

«Nein, mit Ihnen. Bei mir sucht sie Hilfe.»

Draußen auf dem Flur schien es zu einer handgreiflichen Auseinandersetzung zu kommen. Erschrocken sprang ich aus dem Bett und ging hinaus. Die beiden sahen mich an. Mein Mann hatte zerraufte Haare, er strich sie sich aus der Stirn.

«Zygmunt, ich gehe», sagte ich und griff nach meinem Mantel.

Er half mir hinein, und Darek stand da und beobachtete uns wortlos. Als wir die Treppe hinuntergingen, bat ich: «Zygmunt, spiel nicht mehr in diesen dummen Fernsehserien.»

«In Ordnung.» Er war sofort einverstanden.

Die Proben mit der Schauspielerin, die Madeleine vertreten sollte, begannen. Ja, genauso dachte ich die ganze Zeit, dass sie als Madeleines Vertretung auf die Bühne kam, wie ich auch an Armandes Statt auftrat.

Und so hatte ich in doppelter Hinsicht eine schwierige Aufgabe zu bewältigen: Ich musste die Zuschauer überzeugen, dass ich eine Figur aus Bulgakows Stück war, und ich musste auch mich selbst davon überzeugen, und das war gar nicht so einfach, war sogar so gut wie unmöglich, wie mir während der Proben deutlich bewusst wurde. Ich konnte meinen Text, ich sagte ihn auf. Das war alles. Ich vergegenwärtigte mir meine Mimik aus den vorhergegangenen Proben, als ich noch Armande war – das Zucken der Gesichtsmuskeln, die hochgezogenen Augenbrauen, das Lächeln – und gab das wieder, so gut es ging. Ich äffte mich gewissermaßen selbst nach, und das offenbar sehr geschickt, denn der Regisseur hatte keinerlei Einwände. Ich vermochte mich selbst so vollkommen nachzuahmen, wenn ich mich an meine frühere Konzeption der Rolle hielt, dass ich die anderen damit täuschen konnte. Aber mich selbst konnte ich nicht täuschen. Ich spürte, das etwas Unwiederholbares geschehen war, dass das Licht, das die ganze Zeit in mir gewesen und den von mir geschaffenen Figuren Leben eingehaucht hatte, erloschen war. Früher war alles so einfach gewesen, jede neue schauspielerische Aufgabe war wie ein für mich zugeschnittenes Kleid; ich spürte, ich wusste, dass es mir nach den entsprechenden Änderungen wie angegossen passen würde. Ich hatte einen ganzen Schrank voll solcher Kleider, jetzt war der Schrank leer. Vorerst wusste nur ich davon. Aber was weiter… Was würde mit der neuen Rolle geschehen? Mit der Rolle der Margarita, auf die ich mich so sehr freute. Ich hatte Zygmunt davon überzeugen wollen, dass ich ganz und gar nicht zu jung dafür war, dass sie eine Herausforderung für mich wäre. Damals. Jetzt war ich bereit, ihm Recht zu geben, mich hinter seiner Behauptung zu verstecken, dass ich die Margarita nicht spielen konnte. Aber es würden andere Angebote kommen. Was dann? Ich begann, mich vor meinem Auftritt zu fürchten. Eine erste Vorahnung der Katastrophe hatte ich an jenem Tag gehabt, als Elżbieta im Theater erschienen war. Hatte das, was jetzt in mir vorging, etwas mit ihr zu tun? Hatte sie, die so plötzlich verschwunden war, mir mein inneres Licht genommen, oder hatte der Schock der abgesagten Premiere mich so verändert? Ich gehörte mit meinem ganzen Ich Armande und konnte mich nicht mehr von ihr befreien. In gewisser Weise hatte ich so etwas schon früher erfahren, etwa mit der Rolle der Irina, doch wenn die Lichter auf der Bühne erloschen, gehörten mein Gesicht, meine Hände und Füße allmählich wieder mir. Und was das Wichtigste war – ich bekam auch meine Seele zurück. Nun aber wollte das Rampenlicht am Ende der Vorstellung nicht erlöschen, es brannte erbarmungslos weiter. Armande stand in der Kulisse und wartete auf Madeleines Auftritt. Madeleine musste ihren Text zu Ende sprechen: «Armande, Armande, meine Schwester, der Erzbischof wird auch dich segnen. Ich bin glücklich! Ich bin glücklich!» Und dann verschwindet Madeleine für immer von der Bühne, Armande tritt auf. Charron fragt: «Sage mir, weißt du, wer eben bei mir war?» Armande begreift plötzlich alles, sie macht ein erschrockenes Gesicht: «Nein … nein … sie ist meine Schwester, meine Schwester.» Hätte ich bei der Premiere diese Worte sprechen können, hätte ich vielleicht – oder ganz sicher – jetzt diese Probleme nicht. Ich hätte die Rolle wieder abgelegt wie alle anderen. Aber jetzt war sie nicht zu Ende gespielt, Armande stand noch immer in den Kulissen und wartete auf ihren Auftritt, als ich sie in der Beichtszene der Madeleine vertrat, nun gespielt von der Schauspielerin, die Madeleine vertrat. Ich fürchtete mich so sehr vor der Niederlage, vor dem Augenblick, in dem mir das klar werden würde, und ich wusste, dass nichts mehr zu machen war. Es gab keinen Zuschauerraum, in dem nach der Vorstellung die Lichter ausgingen. Viel schlimmer war aber, dass das Rampenlicht nicht erlöschen wollte. Und ich wusste nicht, warum das so war. Schließlich verliert man sein Talent nicht von einem Tag auf den anderen, von einer Stunde auf die andere. Man kann nicht an einem Tag ein Star sein und am nächsten nicht mehr. Vielleicht aber doch, nur dass ich nichts davon gewusst und nun die Gelegenheit hatte, das am eigenen Leib zu erfahren. Meinen Leib hatte ich Armande gegeben, und sie wollte ihn mir nicht zurückgeben. Vielleicht blieb als einzige Rettung, Madeleine zu täuschen, aber das war schwierig, geradezu unmöglich.

Was ist das, was jetzt mit mir geschieht? Pause oder Ende der Vorstellung? Wenn es das Ende ist, wie soll man es nennen – glücklich oder unglücklich? Das ist ganz meine Entscheidung. Denn nur ich kann ein Plus oder ein Minus vor mein Leben setzen. Wäre es das Ende, welches Zeichen würde ich dann setzen? Ich weiß es noch nicht... Ich bin etwas abrupt von meinem Weg abgewichen, um ihn jetzt ganz vor Augen zu haben. Aber mein Weg war doch das Theater, und dort ist die Bewertung stets Sache der anderen. Der Schauspieler spielt, das Publikum applaudiert. Bin ich ausgepfiffen worden? Ich habe oft geträumt, dass ich auf die Bühne komme und das Publikum klatscht, ohne mich zu Wort kommen zu lassen. Es will mir nicht zuhören. Das ist das Schlimmste, was einem beim Theater passieren kann. Neben einer abgesagten Premiere...

Elżbietas Telefon blieb stumm, auch das Warten vor ihrem Haus nutzte nichts. Eines Tages stand ich dort bis zum späten Nachmittag herum, bis ich ins Theater musste. Das heißt, ich ging fort und kam wieder zurück, um keine Aufmerksamkeit zu erregen. Schließlich rief ich ihre Tochter an und bat sie um ein Gespräch. Sie willigte unerwartet freundlich ein. Ich beschloss, auf der Hut zu sein, schließlich sollte ich mich mit jemandem treffen, der mir – milde ausgedrückt

– wenig zugetan war. Wir verabredeten uns in einem Café in der Nähe ihrer Firma, denn Zygmunts Tochter war eine viel beschäftigte Frau, und außerdem hatte ich sie ja zu dieser Begegnung gedrängt. Sie setzte sich neben mich an das Tischchen und holte ihre Zigaretten hervor, bot mir eine an, aber ich lehnte ab. Ich rauche nicht.

«Ich sollte auch aufhören, ich habe schon einen entzündeten Hals, aber wenn ich müde bin, hilft nur eines: Beine auf den Tisch und eine Zigarette.»

Eine richtige Geschäftsfrau, dachte ich.

«Wollten Sie mit mir über meinen Vater oder über meine Mutter sprechen?», fragte sie geradeheraus. «Was ihn angeht, kann ich nur unter Vorbehalt etwas sagen, ich weiß nicht viel. Er war nie zu Hause. Das einzige, was ich kürzlich erfahren habe, ist, dass er offenbar pädophil ist.»

Was für ein loses Mundwerk, dachte ich. Wie sollte ich da irgendetwas aus ihr herausbekommen …

«Und was sagen Sie zu dem Objekt dieses Pädophilen?»

Sie lachte.

«Das weiß ich nicht. Ich kenne es nicht. Aber es hat mein Mitgefühl.»

«Ist es so schlimm?»

«Wissen Sie, meine Mutter hat mir gesagt, mein Vater habe sein Berufsleben durch den Ehrgeiz besudelt, so zu werden wie Łącki. Man könnte sagen, Łącki war in unserem Haus ein ständiger Gast. Man schaute sich seine Rollen an, besprach sie und schaute sie noch einmal an. Seit der Premiere des *Amadeus*, wo Łącki den Salieri spielt und Roman Polanski den Mozart, war mein Vater regelrecht krank und hat sich wohl auch nie so richtig erholt.»

Ich hatte diese Vorstellung gesehen, zusammen mit Darek. Nach einer im Zug verbrachten Nacht, schmutzig, unausgeschlafen, gingen wir zum Theater in Wola*. Es gab natürlich keine Karten mehr, aber es gelang uns, an Stehplätze zu kommen. Ich sah diese Vorstellung als ganz junges Mädchen, als Gymnasiastin, die vom Theater träumt, in dem Zygmunt noch nicht existierte. Und er hatte allen Grund, krank zu werden. Jeder Schauspieler, der Zeuge dessen war, was dort auf der Bühne geschah, hätte Grund dazu gehabt. Łącki spielte den Salieri als jungen Mann und als Greis, und für diese Verwandlung brauchte er nur ein paar Bewegungen, zum Beispiel die, dass er sich die Haare, die ihm liederlich in die Stirn hingen, zurückstrich. Und sein Gesicht wurde jung, die Falten verschwanden.

«Mein Vater begriff, dass es nicht genügte, an der Seite des Meisters zu sein oder mit ihm zu spielen», fuhr Zygmunts Tochter fort, «er würde doch immer nur er selbst sein. Aber wenn man nicht man selbst sein kann, dann wird man krank, und ein Kranker braucht eine Krankenschwester. Kürzlich hat er seine alte durch eine jüngere ersetzt, denn er meint, sie könne ihn besser pflegen.»

Ich hätte mir dieses Gerede nicht so zu Herzen genommen, wenn Zygmunt mir nicht gesagt hätte, er arbeite an einem Drehbuch über Łącki. Und das sollte kein Dokumentarfilm, sondern ein Spielfilm mit Schauspielern und Fabel werden.

«Und wer spielt den Łącki?», hatte ich gefragt.

«Ich», sagte er.

Ich erschrak. Auch ohne das Drehbuch zu kennen, war mir klar, dass Zygmunt den Łącki nicht spielen konnte, denn das wäre so, als wollte Gary Cooper in die Rolle des Glöckners von Notre-Dame schlüpfen. Die Maske konnte natürlich viel

---

* *Wola* ist ein Warschauer Stadtteil, das Theater trägt die feststehende Bezeichnung *Teatr na Woli*. (A. d. Ü.)

ausrichten, aber ein zwei Meter langer Mann konnte in keinem Fall einen Zwerg spielen. Ebenso wenig umgekehrt. Und er würde auch Łąckis Psyche nicht wiedergeben können. Zygmunt würde die Last dieser Rolle nicht bewältigen, sondern daran zerbrechen. Ich wusste das bereits, bevor seine Tochter mir diese Einzelheiten erzählt hatte. Diese Einzelheiten konnten ihn stolpern lassen. Unbarmherzig.

«Nur als Angestellter konnte mein Vater den Meister überflügeln. Ich hörte, er soll Rektor werden...»

Nach einer Weile begriff ich, dass sie das alles sagte, um mir keine Möglichkeit zu lassen, nach ihrer Mutter zu fragen. Für solche Fragen waren in unserem Gespräch kein Platz.

Elżbietas Verschwinden, die Unmöglichkeit, mit ihr Kontakt aufzunehmen, vertieften mein Gefühl von innerem Chaos und Unsicherheit. Wie sollte ich meine Helden verstehen, wenn ich mich selbst nicht mehr verstand? Die Proben zur *Kabale der Scheinheiligen* fanden zweimal am Tag statt, wie es der Regisseur an jenem verhängnisvollen Tag gesagt hatte. Jedes Mal beim Betreten des Theaters stieg in mir die Hoffnung auf, Armande könnte vielleicht diesmal mit mir zusammenarbeiten wollen, aber sie schmollte immer noch. Sie stand in den Kulissen und wollte um nichts in der Welt auf die Bühne kommen.

Vielleicht würde die Generalprobe etwas ändern – oder die Premiere, tröstete ich mich. Aber darauf war keine große Hoffnung zu setzen. Und richtig – weder während der letzten Probe noch während der Premiere wollte Armande hinter den Kulissen hervorkommen. Sie ließ mich allein, und ich plapperte mit immer größerem Erschrecken ihren Text daher. Ich versprach mich kein einziges Mal, stolperte nicht, fiel nicht hin, ich hielt diese Vertretung bis zum Schluss durch.

Der Regisseur, der mir die Rolle der Margarita in *Der Meister und Margarita* angeboten hatte, drängte mich zu einer Entscheidung. Aber wie sollte ich mich entscheiden, wenn ich nicht wusste, was mit mir los war, woher diese innere Ohnmacht kam.

«Alexandra», sagte er etwas ungeduldig, «Sie sind nicht die einzige Schauspielerin in diesem Land.»

«Jetzt habe ich die Armande im Kopf», sagte ich in entschuldigendem Ton, denn mir fiel nichts anderes ein. Hätte der arme Mann gewusst, wie sehr ich sie im Kopf hatte, er wäre mit einem Schrei des Entsetzens geflohen.

Ich versuchte, mit Zygmunt über meine Probleme zu sprechen, über meine Angst, ich könnte auf der Bühne anfangen zu stottern. Er spielte das herunter. Er meinte, Schauspieler seien nicht immer in Bestform, vor allem, wenn sie übermüdet seien, darüber dürfe man sich keine Sorgen machen, das gehe vorüber. Vielleicht war es wirklich nur Übermüdung, vielleicht ging es wirklich vorüber. Doch in meinem tiefsten Innern fühlte ich anders. Ich spürte eine Angst, die immer größer werden würde. Noch wusste niemand davon, aber bald würden sie es erfahren. Dass ich auf der Bühne nichts zuwege brachte, dass meine neue Rolle zerfallen würde, diese und dann eine zweite. Fanfaren hatte meinen Auftritt auf der Bühne angekündigt, jetzt würden sie meinen Abgang begleiten. Jałowiecki hatte mich zu Recht gewarnt, dass es vom Theaterhimmel bis zur Hölle nur ein kurzer Weg ist. Ich war bereits im Vorhof der Hölle.

Alles deutete darauf hin, dass Elżbieta nicht in Warschau war. Scheinbar zufällig fuhr ich in der Nähe ihres Hauses vorbei, was mir ziemlich oft passierte, denn ich hatte von Zygmunt einen Fiat Cinquecento zum Geburtstag bekommen und war nicht mehr auf Taxis angewiesen. Früher hatte ich den Taxifahrer gebeten, langsamer zu fahren, damit ich sehen konnte, ob in einem ihrer Fenster Licht brannte, und dann in die Stadt zurückzufahren. Das muss einen seltsamen Eindruck gemacht haben, die Taxifahrer sahen mich auf dem Rückweg argwöhnisch an. Einmal wagte ich es tatsächlich, am Gartentor nebenan zu klingeln. Ein älterer, grauhaariger Herr öffnete mir. Als ich fragte, ob ich eine Nachricht für seine Nachbarin hinterlassen dürfe, sagte er, sie sei wahrscheinlich für längere Zeit verreist, um das Haus kümmere sich ihre Tochter. Er war bereit, mir die Telefonnummer von «Ewunia», wie er sie nannte, zu geben.

«Kennen Sie sie persönlich?»

«Nicht sehr gut», sagte er ausweichend.

Sie war also weggefahren. Wohin und für wie lange? Diese Fragen blieben unbeantwortet. Ich bemühte mich herauszufinden, ob Zygmunt etwas wusste, aber ich hatte Hemmungen, ihn direkt zu fragen, und er vermied ganz offensichtlich dieses Thema. Endlich fragte ich ihn doch.

«Wo sie ist, das weiß nur sie selbst und der liebe Gott», antwortete er unwillig.

«Und eure Tochter?»

«Nicht eure, sondern ihre Tochter!»

Damit war das Gespräch beendet.

Ich überlegte, wer Elżbieta eigentlich für mich gewesen war. Mit Sicherheit war ich nicht zu ihr gegangen, um Freundschaft mit ihr zu schließen. Das wäre auch geradezu lächerlich gewesen, die junge Ehefrau geht zur alten und streckt ihr die Hand hin. Vielleicht habe ich ihr die Hand hingestreckt, um ihr zu helfen. Von einem diffusen Schuldgefühl geplagt, fand ich mich in meiner Ehe nicht zurecht, fühlte mich immer verlorener, also wandte ich mich an sie auf der Suche nach Zustimmung, vielleicht sogar nach Vergebung. Ich war sicher naiv, aber ich habe eben die Neigung, Fiktion mit Wirklichkeit zu vermischen. Und es ging so weit, dass die Wirklichkeit für mich immer mehr an Bedeutung verlor. Schließlich identifizierte ich mich auf der Bühne mit der Rolle, die Elżbieta spielte, ich konnte ihren ganzen Text auswendig und wiederholte ihn in Gedanken zusammen mit ihr.

Auch außerhalb der Bühne identifizierte ich mich zunehmend mit Elżbieta, und es war, als wären wir nicht nur auf der Bühne ein Körper, sondern auch physisch. Ich hatte das Gefühl, wir seien zusammengewachsen, aus einem Körper wüchsen zwei Köpfe, meiner und ihrer, wie bei siamesischen Zwillingen, die sogar einen gemeinsamen Mann haben könnten. Ich versuchte also, einen Mutanten zu schaffen, doch ein solches Wesen lebt nicht lange. Jetzt starb ich zusammen mit ihm. Vielleicht war ich am Rande des Wahnsinns und das, was Darek über meine Bewertung ihres Spiels gesagt hatte, war nur die Bestätigung davon. Vielleicht sah das gewöhnliche Publikum das anders. Aber hatte das jetzt noch irgendeine Bedeutung? Jetzt ging es nicht mehr um sie, sondern um mich. Darum, was aus meiner Karriere wurde. Wer würde ich sein, wenn ich nicht mehr spielen konnte?

Eines Tages, kurz nach der zweiten, der «Ersatz»-Premiere, kam Jałowiecki in der Kantine zu mir.

«Herr, Jałowiecki, Sie waren doch damals in der Generalprobe, ich habe Sie gesehen, in der zweiten Reihe…»

«Ich war nicht nur in einer Generalprobe, leider», seufzte er und gab mir damit zu verstehen, dass das gegenwärtige Repertoire und das schauspielerische Niveau ihn nicht begeisterten.

«Ich spreche von der Probe vor der Premiere, die nicht stattfand.»

«Aha.»

«Welchen Eindruck hatten Sie von Elżbieta Górniak?», fragte ich, denn nach meinem Spiel konnte ich ihn schlecht fragen.

Er hob vielsagend die Brauen.

«Nun, wenn ich ehrlich sein soll, die größere Überraschung war euer Partner. Es war interessant, wie er seine Rolle angelegt hatte …»

«Und sie?»

«Sie hat eine furchtbare Diktion, sie ist schlecht zu verstehen; was den optischen Aspekt angeht, habe ich ihr nichts vorzuwerfen. Aber der Star der Aufführung waren wie immer Sie. Wenn Sie sagen: ‹Nein … nein … sie ist meine Schwester, meine Schwester!›, dann ist da alles hineingelegt, was zum Theater gehört – Talent, Gefühlstiefe, Wahrheit! Ich stehe noch immer unter diesem Eindruck, Sie waren blendend. Das war nach der Irina in den *Drei Schwestern* Ihre beste Rolle.»

«Aber in der neuen Besetzung war es schlechter, nicht wahr?»

«Wenn ich ehrlich sein soll, ja. Offensichtlich hatten Sie sich schon verausgabt. Es ist schwierig, so etwas zu wiederholen.»

Aber ich habe mich damals gar nicht verausgabt, dachte ich, das ist die ganze Tragödie. Und es gab keine Lösung dafür. Ich war nur noch optisch auf der Bühne präsent, mein Inneres ist verschlossen. Wie sollte ich den Schlüssel dazu finden? Noch wusste ich nicht, wer ihn verlegt hatte, vielleicht war ich es ja selbst gewesen. Wie sollte ich mir helfen? Ich versuchte, mich von diesem Gefühl, jemandes Vertretung zu sein, zu befreien, mich zurückzuziehen, vielleicht würde dann alles wieder an seinen Platz zurückkehren. Ich besorgte mir ein ärztliches Attest, schließlich war ich Schauspielerin. Ich tat so, als hätte ich Probleme mit dem Ischias.

Aber es tat mir auch nicht gut, zu Hause zu sitzen. Drei Tage lang hielt ich es aus und versuchte sogar, mich an die Rolle der Margarita zu gewöhnen. Aber ich blieb Armande.

Als ich es gar nicht mehr aushielt, setzte ich mich ins Auto und fuhr nach Ursynów. Es war wie ein Ausflug in ein fremdes Leben. Als wollte ich das, was zu schwierig geworden war, überspringen und noch einmal an den Anfang zurückkehren. Gleich wird die Bühne erleuchtet sein, und ich trete auf als Irina – als Irina, nicht als Armande.

Darek begrüßte mich ziemlich kühl, aber damit hatte ich gerechnet. Ohne überflüssige Worte ging ich in sein Schlafzimmer und begann, mich auszuziehen.

«Was machst du da?», fragte er.

«Ich möchte, dass wir uns lieben.»

Er lachte unangenehm berührt.

«Und was ist, wenn dein lieber Mann auftaucht und fragt, ob wir miteinander schlafen? Was dann?»

«Darek», sagte ich kleinlaut, «ich brauche dich.»

«Mich oder meinen Schwanz?»

«Sei nicht vulgär.»

Er lachte wieder.

«Du bist vulgär. Erscheinst hier, wie es dir gerade passt. Und wenn es dir passt, gehst du wieder. Allein oder in Begleitung.»

Ich setzte mich aufs Bett, zog mir die Decke bis unters Kinn, meine Zähne klapperten.

«Was hast du?», fragte er nun in einem anderen Ton.

«Ich will, dass du mich in den Arm nimmst», antwortete ich mit der Stimme eines eigensinnigen Kindes.

Er legte seine Kleider ab und schob sich unter die Decke. Ich fühlte seinen Körper ganz nahe, es war nicht mehr der eines kantigen Jungen, dem die zu langen Arme und Beine im Weg waren, sondern der eines wunderbar proportionierten

Mannes. Ich dachte, das Einzige, was mich jetzt interessiert, ist dieser Körper. Ich begehre ihn und will, dass er mich begehrt. Wir liebten uns leidenschaftlich, berauscht von unserer Nähe. Seit vielen Tagen und Nächten war ich zum ersten Mal wieder ich selbst, so als hätte mich jemand vorher nur ausgeliehen. Nun hatte ich mein eigenes Leben zurückbekommen, konnte atmen wie ich selbst, Lust empfinden, lachen und weinen. Und das tat ich abwechselnd. Ich lachte und weinte. Darek sah mich beunruhigt an.

«Sieh mich nicht so an», sagte ich und wischte die Tränen ab. «Ich weine, weil ich mich frei fühle! Endlich frei! Und deshalb lache ich auch. Vor Glück!»

Darek verstand das leider falsch.

«Hast du dich von ihm getrennt?»

Seine Frage überraschte, irritierte mich.

«N … nein …»

«Wirst du ihn verlassen? Jetzt?», fragte er mit Betonung auf jetzt.

«Daran will ich nicht denken», antwortete ich wahrheitsgemäß. «Ich hatte letztens eine sehr schwierige Phase – bin mit meiner Arbeit nicht zurechtgekommen.»

«Und da dachtest du, Sex hilft?»

Mein Gott, niemand kann das verstehen, seufzte etwas in mir.

Ich stand auf und begann, mich anzuziehen. Er schaute mir wortlos dabei zu, im Flur sagte er: «Wenn du jetzt gehst, werde ich dich nie mehr hereinlassen.»

Ich lächelte.

«Warum sagst du das? Wir wissen beide, dass du nicht aufgehört hast, mich zu lieben, und mich jedes Mal hereinlassen wirst, wenn ich komme.»

Er schlug mir ins Gesicht, trotzdem sagte ich noch, bevor ich ging:

«Und ich habe nicht aufgehört, dich zu lieben – mit aller Konsequenz.»

Ich lief in größter Eile die Treppe hinunter, gewissermaßen meiner neuen Rolle entgegen, ich war sicher, sie nun spielen zu können. Diese Rolle wartete auf mich. Das Manuskript lag in meiner Wohnung auf dem Tischchen neben dem ungemachten Bett, ich hatte ja das Haus so eilig verlassen. Zwar war ich noch immer auf der Flucht, jedoch bereits auf dem Rückweg. Meine beiden Leben durften sich nicht begegnen, sie waren wie zwei Pole, plus und minus. Nur, welches war der Minuspol? Auf dem Weg nach Hause wurde ich mir immer sicherer, dass es meine Beziehung zu Darek war. Als ich dann aber das Manuskript zur Hand nahm, außerstande, auch nur einen Satz Margaritas laut zu lesen, weil ich psychisch noch immer an Armande gebunden war, dachte ich wiederum, dass der Tag, an dem ich Zygmunt begegnet war, und dann jener, an dem ich seine Frau kennen gelernt hatte, die schwarzen Tage meines Lebens waren. Allerdings war ich durch die Begegnung mit ihm auch zum ersten Mal mit der Schauspielschule in Berührung gekommen. Ich hatte eben den falschen Beruf gewählt. Vielleicht hatte Darek wieder einmal Recht gehabt: Ich hatte zu früh auf den Brettern des Theaters gestanden, und jetzt war ich wie ein Laie, der eine komplizierte Brückenkonstruktion hatte entwerfen müssen, ohne dafür hinreichend ausgebildet zu sein. Kein Wunder also, dass die Brücke eingestürzt war…

Das Telefon klingelte. Wir hatten es erst seit einigen Tagen, auf Zygmunts Drängen hin hatte die Wohnungseigentümerin es endlich installieren lassen. Ich war nicht in der Stimmung, um ein Gespräch zu führen, ganz gleich, wer auf der anderen Seite der Leitung war. Natürlich war es die letzte Person, mit der ich jetzt sprechen wollte – der künftige Regisseur der Bühnenadaption von *Der Meister und Margarita*.

«Alexandra», hörte ich ihn sagen, «ich hoffe, Sie haben sich auskuriert, am Montag beginnen wir mit den Proben.»

Hatte ich denn schon zugesagt?, überlegte ich. Das musste ja wohl so sein, wenn er so redete.

«Ganz gesund bin ich noch nicht», antwortete ich vorsichtig.

«Nun, bis Montag sind es ja noch ein paar Tage.»

«Zum Glück», sagte ich wahrheitsgemäß.

Vielleicht ändert sich in diesen Tagen etwas, vielleicht gelingt es mir endlich, aus dem Dunstkreis meiner vorherigen Rolle herauszukommen. Sollte ich vielleicht Zygmunt damit behelligen? Als mein Lehrer hätte er mich darauf vorbereiten müssen, dass auch solche Dinge beim Theater vorkommen, und mich lehren müssen, wie man sich davor schützt. Aber konnte er sich selbst davor schützen, wäre er imstande, rechtzeitig die Notbremse zu ziehen? Die Sache mit Łącki … Er kam zu mir und las mir Teile aus dem Drehbuch vor, das er endlich fertig gestellt hatte. Er war sich nicht sicher, ob ich ihm zuhörte, obwohl er Seite für Seite laut vorlas, offenbar eher für sich selbst als für mich.

Nacht. Nacht im Theater. Auf der Bühne repetiert der Schauspieler seinen Text, verbessert sich selbst lebhaft gestikulierend, als würde er mit einem Schatten sprechen. Plötzlich gehen die Lichter an. Der Schauspieler blinzelt, er ist sichtlich verwirrt. Er sieht ungepflegt aus, trägt einen Rollkragenpullover, langes, dünnes, ungewaschenes Haar, einen Dreitagebart …

STIMME AUS DEM LAUTSPRECHER: Wer sind Sie? Wer glauben Sie zu sein? Fühlten Sie sich als Mitglied des Zentralkomitees als Kommunist, oder war das nur ein Spiel? Und wenn es ein Spiel war, mit wem haben Sie gespielt und was wollten Sie damit gewinnen? Ging es auch um Geld?

Jemand lacht. Der Schauspieler schaut sich um, überlegt, woher das Lachen kommt, Panik im Gesicht…

Wie willst du diese Panik spielen, dachte ich. Das könnte nur er spielen. Łącki könnte Łącki spielen, aber dafür ist es nun zu spät. Das Drehbuch ist gut, schade, dass es keinen Schauspieler für die Hauptrolle gibt. Der Schauspieler, an den der Drehbuchautor gedacht hat, ist ungeeignet! Sollten die ungepflegten, bis auf die Schultern reichenden Haare etwa eine Perücke sein? Die Bartstoppeln könnten echt sein. Und der schwarze Rollkragenpullover? Wem gehört der?

Wie sollte ich Zygmunt erklären, dass ich Armande nicht loswerden konnte, sie immer noch am Hals hatte? Das sah nach einer beginnenden psychischen Krankheit aus. Vielleicht war es das ja? Dieser Gedanke erschreckte mich so, dass ich kalten Schweiß auf der Stirn fühlte. Nur das nicht… Andererseits aber bemerken psychisch Kranke nicht immer den Ernst ihres Zustands, während ich bereit war, alle Symptome meiner Krankheit, einer Art Theaterkrankheit, zu analysieren. Vielleicht waren auch andere Schauspieler davon befallen, nur sprachen sie nicht darüber. Im Übrigen hatte ich nichts, womit ich mich brüsten konnte. Das Papier war stärker als der lebendige Mensch, die vom Autor geschaffene Figur diktierte mir ihre Bedingungen und wartete auf meine Kapitulation. Es war keine fiktive Figur mehr, Armande existierte wirklich, und ihr Schicksal gestaltete sich sogar in den Werken desselben Autors unterschiedlich. Im Stück verlässt sie Molière, im Roman bleibt sie bis zum Schluss bei ihm. Und wie es im wirklichen Leben war, was sie wirklich dachte und fühlte, ist nicht bekannt. Sie war mit einem alten Mann liiert und selbst fast noch ein Kind. Was sind diese Verbindungen von älteren Männern mit jungen Frauen? Elżbieta sagte einmal verächtlich: «Das ist der Bedarf nach jungen Hormonen. Die Männer glauben, dass sie so das Alter und den Tod aufhalten können.» Sie erzählte mir von dem Besuch bei einem ehemals bekannten und sehr in Mode gekommenen Dramatiker. Heute sind seine Stücke so gut wie vergessen, damals beherrschten sie lange Zeit die Bühnen. Zygmunt und sie gingen zusammen zu ihm, damals noch als Studenten der Schauspielschule. Es war der Geburtstag des Autors. Er wohnte außerhalb von Warschau, in einem Landhaus aus Lärchenholz, Besitz seiner Eltern. Als seine langjährige Lebensgefährtin gestorben war, lernte er eine zwanzig Jahre jüngere Frau kennen. Er heiratete sie, und sie machte ihr gemeinsames Leben zur Hölle.

«Weil sie jünger war?», fragte ich naiv.

«Nein, weil sie verrückt war.»

Denkst du das auch von mir, überlegte ich, und sie schien meine Gedanken zu erraten, denn sie lächelte und sagte: «Nein, von dir denke ich das nicht. Von dir denke ich, dass du ein bisschen durchgedreht bist, aber das ist etwas ganz anderes.»

Sie und Zygmunt gingen also vom Flur direkt in den großen, dämmrigen, fast leeren Salon. Auf einer Bank an der Wand saß der Autor, der aussah wie ein schwer kranker Mann und es wohl auch war. Seine Frau machte einen sehr seltsamen Eindruck, war exzentrisch gekleidet. Unter der hautengen Bluse zeichneten sich ihre Brüste ab, dazu trug sie einen zu kurzen Rock. Das hatte etwas Anstößiges, ebenso die Art, wie sie sich bewegte; sie sprach hastig und wedelte nervös mit den Armen.

Sie passte weder zu diesem Haus noch zu diesem Mann.

«Aber sie war jung», sagte ich.

«Gar nicht so sehr; als sie heirateten, war sie fünfundfünfzig, ein Jahr älter als ich.»

«Was?», sagte ich erstaunt. «Und wie alt war er dann?»

«Fünfundsiebzig, das ist leicht auszurechnen.»

«Warum also?»

Sie zuckte die Schultern.

«Zygmunt hat das auch gefragt, als wir von dort fortgingen.»

Ich hätte ihm eine Antwort darauf geben können, der Autor selbst hätte ihm sogar antworten können, denn kurz nach meinem Gespräch mit Elżbieta fand ich in einer Zeitung eine Notiz über ihn. Es waren auch Fragmente aus seinen Briefen veröffentlicht, unter anderem einer an seine letzte Frau, die zu seinem Tod beigetragen hatte, indem sie sich weigerte, ihm seine Medikamente zu geben, und die später das Haus angezündet hatte. Sie selbst endete in einer psychiatrischen Klinik. Diese Geschichte wäre etwas für Bulgakow gewesen, wenn er sie gekannt hätte…

«…ich bin dahinter gekommen, was es bedeutet, dass es dich zu mir zieht und mich, fast gleich nach deinem ersten Brief, zu dir. Du bist ein Kind und hast viele Merkmale meiner Helden. Meiner Vögel…, der Mädchen aus dem Wald, der fliegenden Jungen. Sie alle eignen sich nicht für das Zusammenleben, lassen sich nicht zähmen und tun manchmal zum Schrecken der Menschen irgendetwas Unerwartetes, sie träumen, schweben in den Wolken, suchen Trugbilder… Das ist genau mein Stil, ich habe dich geschaffen, und deshalb musst du mich lieben…»

Das wäre mir sicher nicht so nahe gegangen, hätte Elżbieta mir nicht von diesem Paar erzählt. Und davon, wie sie mit Zygmunt in dem inzwischen nicht mehr existierenden Gutshaus war, bei einem nicht mehr lebenden Schriftsteller und seiner nicht mehr lebenden Frau. Die Schauspieler waren abgetreten, das Bühnenbild verbrannt. Ende. Die Zeit hatte sich über dieser Angelegenheit geschlossen. Aber mein Problem gab es noch, unseres, meines und Zygmunts. Einen ähnlich großen Altersunterschied und seine Idee, ich müsse ihn lieben, weil er mich geschaffen habe. «Das ist genau mein Stil...» – das hatte er zwar nie geschrieben, aber sicher gedacht. Hatte er auch an den Preis gedacht, den wir dafür würden bezahlen müssen? Vielleicht bezahlte ich ja gerade dafür...

Ich hatte solche Erwartungen an sie gestellt, hatte sie überzeugen wollen, dass man seine eigene Schwäche überwinden müsse. Und was sollte ich jetzt von mir sagen? Mein Leben war zerbrochen, nicht wegen meines Unfalls, sondern weil ich nicht mehr imstande war, mein Inneres zu kitten. Ich habe mich an den Gedanken geklammert, sie würde zu mir kommen und damit würden sich meine Probleme lösen. Mein «Sein oder Nichtsein» würde sich zum Sein hin neigen.

Dann kam der Augenblick, als ich Licht in ihrem Fenster sah...

Es war wie ein großer Erfolg. Ich bremste scharf, bis mein kleines Auto zum Stehen kam, und eilte auf das Gartentor zu. Doch niemand öffnete, das Licht im Zimmer unten erlosch, und keines der Fenster im oberen Stockwerk wurde erleuchtet. Ich bog um die Ecke und wartete. Doch niemand kam aus dem Haus. Aber es war mit Sicherheit jemand da.

Am nächsten Tag fuhr ich ganz früh morgens wieder hin, diesmal sehr viel vorsichtiger. Ich parkte mein Auto eine Querstraße weiter und lauerte an der Straßenecke. Nach ungefähr einer Stunde sah ich sie. Sie war schwarz gekleidet, sogar Halstuch und Brille waren schwarz. Die Brille kannte ich bereits. Ich folgte ihr in einigem Abstand, um mit Erstaunen festzustellen, dass sie in eine Kirche ging. Ich schlüpfte nach einiger Zeit auch hinein, eine Weile konnte mein Blick sie nicht finden, dann sah ich sie am Beichtstuhl. Sie ging zur Beichte. Unwillkürlich drängten sich mir die Worte auf: «Ich habe mein ganzes Leben lang gesündigt, mein Vater. Ich war eine große Dirne, habe gelogen, war viele Jahre lang Schauspielerin und habe aller Welt den Kopf verdreht…» Ich war mir fast sicher, dass sie genau diese Worte gerade sagte. Sie war nicht zur Premiere ins Theater gekommen, denn sie brauchte es nicht mehr. Sie hatte nun ihr eigenes Theater, und mit dem einen Zuschauer in diesem Theater konnte sich kein Publikum der Welt messen. Ich beobachtete sie, wie sie zur heiligen Kommunion ging, wie sie betete, dann erhob sie sich und ging zum Ausgang. Ich kam ihr zuvor und wartete vor der Kirchentür auf sie. Es war sonst niemand unterwegs, sie musste mich also bemerken. Sie blieb an der obersten Treppenstufe stehen.

«Lässt du mich nie in Ruhe?», fragte sie feindselig.

Ich schüttelte schweigend den Kopf.

Sie ging die Treppe hinunter und den Gehsteig entlang. Ich ging neben ihr her.

«Du willst wohl endlich wissen, warum ich nicht zur Premiere gekommen bin?»

«Jetzt nicht mehr», antwortete ich.

Für einen Augenblick wandte sie mir ihr Gesicht zu, aber ich konnte ihre Augen hinter der dunklen Brille nicht sehen.

«Was willst du dann?»

«Ich kann nicht mehr spielen… Ich kann keine andere Rolle gestalten, weil ich die Armande nicht zu Ende gespielt habe. Ich kann sie nicht loswerden…»

«Aber die Premiere hat doch stattgefunden.»

«Aber ich war nicht dabei.»

«Wie das?»

«Ich habe meinen Text aufgesagt, das war alles. Aber ich habe die Rolle nicht gespielt. Und – ich fürchte mich davor, eine neue anzunehmen. Ich spiele in Repetitionen, vor einer neuen Rolle werde ich vor Angst sterben. Niemand weiß etwas davon, außer mir und dir jetzt.»

Sie wandte mir ihr Gesicht noch einmal zu, und wieder sah ich ihre Augen nicht.

«Wer andern eine Grube gräbt, fällt selbst hinein», sagte sie streng.

«Ich habe niemandem eine Grube gegraben.»

«Nein? Bist du dir da sicher? Du bist wohl aus Gutmütigkeit zu mir gekommen, und ich habe dich aus Gutmütigkeit empfangen?»

Sie beschleunigte ihren Schritt, ich wollte es ihr gleichtun und musste fast laufen.

«Ich kann nur für mich sprechen.»

«Und du hast natürlich ein gutes Herz.»

«Ich glaube, ja.»

Sie blieb mitten auf dem Gehsteig stehen, drehte sich zu mir um und nahm die Brille ab. Sie hatte ein verkniffenes, böses Gesicht, fast hätte ich sie nicht wieder erkannt.

«Du begreifst nicht, dass man nicht zu einer verlassenen Ehefrau gehen darf, mit deren Mann man in einem Bett schläft! Ich habe dich hereingelassen, um dich anzuschauen, um zu sehen, wen er nachts befingert. Ich bin sogar auf die Bühne gekommen, um euch beide zu sehen ... Aber es war nichts Neues, wirklich nicht! Das kenne ich schon, es wiederholt sich, nur dass du jetzt Anfang zwanzig bist und ich damals so alt war, sogar ein bisschen jünger. Kotzen möchte ich, wenn ich an euch denken, an euch, an mich, an mich und ihn. Jetzt bin ich eine andere.»

Ja, dachte ich, jetzt bist du Madeleine und gehst in die

Kirche, «denn du siehst den Satan, und du fürchtest dich vor ihm».

«Was siehst du mich so an?», fragte sie argwöhnisch.

«Du wolltest nicht, dass die Proben enden. Du wolltest, dass sie weitergehen. Du wolltest die Rolle der Madeleine für dich behalten. Welche Sünden hast du deinem Beichtvater heute gestanden?»

«Sieh dich vor», zischte sie, «du hast schon einmal von mir eins auf die Schnauze bekommen.»

«Schlag mich ruhig», sagte ich gleichmütig.

Sie sah mich aufmerksam an, dann setzte sie ihre Brille wieder auf und ging weiter, jedoch wesentlich langsamer. Ich ging neben ihr her, schweigend diesmal. So gelangten wir zu ihrem Haus. Am Gartentor blieb sie zögernd stehen.

«Na, komm rein», sagte sie seufzend.

Die Situation war dieselbe wie am Anfang, sie kam mit einem Tablett ins Zimmer, auf dem zwei Tassen und eine Zuckerdose standen. Wieder tranken wir Tee zusammen, aber unsere Beziehung war nun eine andere. Ich wusste nicht, was sie von mir dachte. Ich glaubte, durch meinen ersten Besuch bei ihr einen schrecklichen Fehler gemacht zu haben. Ich hatte sie mit einer Fiktion infiziert, die gefährlich sein kann für jemanden, der sich in einer existentiellen Leere befindet. Jetzt hatten wir beide dasselbe Problem, ich wollte mich von dieser Fiktion befreien, sie hingegen wollte darin so lange wie möglich verharren, doch im einen wie im anderen Fall war es unnatürlich, krank. Ich betrachtete das Mädchen mit Taube, als wäre dort Rettung zu suchen. Ich musste Elżbieta endlich diese Frage stellen.

«Bist du nicht gekommen, weil du das Interview gelesen hast?»

«Was für ein Interview?» Ihr Erstaunen war so groß, dass es nicht gespielt sein konnte.

«Hast du das Interview mit Zygmunt und mir in diesem Magazin nicht gelesen? Es ist am Tag vor der Premiere erschienen, das heißt vor der abgesagten...»

Sie schaute mich noch immer mit weit geöffneten Augen an.

«Aber in welchen Magazin denn?»

«Ich weiß nicht mehr, wie es heißt.» Ich konnte mich wirklich nicht erinnern, ich war so aufgeregt, dass ich Mühe gehabt hätte, meinen Namen zu sagen.

«Eines von diesen bunten...»

«Ich habe es nicht gelesen», antwortete sie. «Aber was war denn daran so schlimm, dass ich deshalb nicht zur Premiere hätte kommen sollen?»

«Das sage ich dir, wenn du mir sagst, warum du nicht gekommen bist», lächelte ich blass.

Sie lächelte auch, aber es war ein rätselhaftes Lächeln.

«Ich habe es dir schon erklärt. Ich bin nicht erschienen, weil ich zu dem Schluss gekommen bin, dass Zygmunts Schwanz mich nicht mehr interessiert.»

In meinem Kopf drehte sich alles. Meine Hand zitterte so, dass ich die Tasse kaum halten konnte, ich setzte sie auf der Untertasse ab.

«Reg dich doch nicht so auf, ich habe versucht, dir das zu erklären, aber du glaubst mir nicht, wie ich sehe. Nun hast du doch, was du wolltest!»

«Das wollte ich nicht», brauste ich auf.

Als hätte sie meinen Ausbruch nicht bemerkt, fuhr sie fort: «Nachdem er gegangen war, hatte ich so blödsinnige Anwandlungen... Dass es keine Männerhosen mehr gab im Haus, dass sein Rasierapparat nicht mehr im Bad stand. Das hat mich fast um den Verstand gebracht. Wie unser Dackel, der, ehe er aus Altersschwäche starb, immer die Tür zum Bad aufmachte, Zygmunts Hose aus der schmutzigen Wäsche herauszog und sich im Schritt festbiss – wegen des Geruchs. Ich verhielt mich ähnlich – wegen des Geruchs eines Männchens. Und so kam ich auf die Bühne, weil ich nicht anders konnte. Und was ist dabei herausgekommen? Ein Pfau.»

Meine Wangen brannten so, dass ich dachte, gleich würde das Blut herausspritzen.

«Warum bist du so vulgär?», fragte ich leise.

«Ich bin vulgär? Das Stück *Drei auf einer Schaukel* ist vulgär.»

Auch sie denkt sich Titel aus, dachte ich.

«Wäre es besser gewesen, ich wäre damals nicht zu dir gekommen?»

Ich bemerkte ein Zögern in ihrem Blick. Vielleicht fühlte sie ähnlich, vielleicht wusste sie ebenso wenig wie ich, was unsere Begegnung ihr bedeutete.

«Das spielt doch jetzt keine Rolle mehr», antwortete sie.

«Für mich schon.»

«Weil du nicht weißt, ob du dieses Stück zu Ende gespielt hast oder nicht? Hör auf, darüber nachzudenken, und mach dich an ein andres.»

«Das kann ich nicht», stieß ich hervor. «Solange du die Madeleine spielst, muss ich Armande sein!»

«Du bist wohl verrückt geworden?!!»

Wir sahen uns an.

«Warum gehst du unter der Woche zur Beichte? Warum hat sie es getan?»

«Woher weißt du, dass sie es getan hat, das steht nicht im Stück!»

«Aber im Buch.»

Wieder sahen wir einander an.

«Alle wissen, dass Madeleine gegen Ende ihres Lebens in einen religiösen Wahn verfiel, jeden Tag zur Beichte ging und auf den Knien in der Kirche lag», sagte ich langsam.

«Wer – alle?», zischte sie.

«Nun..., alle im Theater.»

«Wir sind nicht im Theater. Und ich kann tun, was mir gefällt, kann sogar zweimal am Tag in die Kirche gehen und beichten, auch drei-, vier- oder fünfmal...»

Tränen liefen mir über die Wangen.

«Warum heulst du jetzt? Weil ich das gesagt habe?»

«Ich habe Angst, dass ich deine Rolle immer weniger verstehe.»

«Welche Rolle? Ich spiele keine. Ich bete.»

«Sie hat auch gesagt, sie bete! Der Erzbischof fragt sie: ‹Arme Frau! Was tust du, um dich vor dem Teufel zu retten?› Und sie antwortet: ‹Ich bete.› Und darauf sagt er: ‹Der Herr wird dich dafür in den Himmel heben und dich lieb gewinnen!›»

«Das hoffe ich», antwortete sie leise.

Ich wollte das nicht mehr hören, sprang auf und lief weinend davon. Ich weinte im Auto während der ganzen Fahrt nach Hause.

Warum hatte ich nichts aus meinem Besuch bei ihr gelernt? Hätte ich nicht schon damals begreifen müssen, dass es gefährlich war, wenn ich mich Elżbieta in den Weg stellte? Hätte ich meine Besuche bei ihr eingestellt, wäre vielleicht alles wieder in normale Bahnen zurückkehrt. Ich hatte nun mit meiner Arbeit an der Rolle der Margarita begonnen, was mir immer mehr Freude machte. In mir stieg die Hoffnung auf, ich könnte wieder zu mir selbst finden, Armandes Platz könnte nicht mehr besetzt sein und nun von einer anderen Figur eingenommen werden. Doch Armande kam zurück, wann immer es ihr gefiel, was mich unfähig machte, an der neuen Rolle zu arbeiten. Dann setzte ich mich ins Auto und fuhr zu Elżbieta. Aber statt Elżbieta traf ich meist Madeleine an. Wenn sie nicht zu Hause war, war sie in der Kirche zu finden. Für mich war das alles unerträglich, ihr Aussehen, dieses Schwarz von Kopf bis Fuß und ihr Gesicht, das aussah, als weile sie in einer anderen Realität, als wiederhole sie immerfort: «Ich möchte die ewige Messe hören …» Das war immer noch der Text des Stückes. Worin waren wir da beide verstrickt, wie sollten wir da wieder herausfinden? Sie schien damit glücklich zu sein, ich war es nicht.

Ich beschloss, mit ihrem Beichtvater zu sprechen. Ich wartete, bis Elżbieta sich weit genug entfernt hatte, dann kniete ich mich selbst in den Beichtstuhl.

«Sie haben eben hier einer Frau – einer Schauspielerin – die Beichte abgenommen.»

«Im Namen des Vaters und des Sohnes und des Heiligen Geistes, Amen», hörte ich.

«Ich bitte Sie, ich möchte nicht beichten. Ich möchte Sie warnen … Sie bekennt nicht ihre Sünden, sie sagt Ihnen den Text eines Theaterstückes her.»

Ich unterbrach mich. Einen Augenblick lang herrschte vollkommene Stille.

«Erzählt sie vielleicht, sie habe eine Tochter, die durch eine unglückliche Fügung ihren eigenen Vater geheiratet habe? Dass es zum Inzest gekommen sei? Das lautet im Text so: ‹Ich habe sie in der Provinz zur Welt gebracht. Von Molière hatte ich mich zeitweilig zurückgezogen. Als sie schon groß war, holte ich sie nach Paris und gab sie für meine Schwester aus. Er wurde von Leidenschaft für sie gepackt und hatte ein Verhältnis mit ihr, und ich habe ihm nichts gesagt, um ihn nicht auch noch unglücklich zu machen …›»

«Nimm Vernunft an, mein Kind.» In der Stimme des Priesters lag eine solche Empörung, dass ich begriff, dass Elżbieta doch ihre eigenen Sünden gebeichtet hatte.

«Verzeihung.» Verwirrt erhob ich mich.

Ich weiß nicht, was ich damit gewonnen hatte, als ich mich davon überzeugt hatte, dass Elżbieta aus eigenem innerem Bedürfnis heraus fromm war und nicht eine Rolle spielte. Schließlich hatte ich nicht ihre Probleme zu lösen, sondern meine eigenen, nämlich meine Bühnenangst, meinen «Armande-Komplex». Die nicht zu Ende gespielte Rolle verursachte immer, wenn ich am wenigsten darauf gefasst war, eine Blockade in meinem Gehirn. Manchmal begann ich eine Phrase kraftvoll und konnte sie dann nicht beenden. Unbändige Angst ergriff mich und das Bedürfnis wegzulaufen. Am schlimmsten aber war, dass ich mit niemandem darüber sprechen konnte. Alle spielten es herunter, auch Zygmunt und der Regisseur des Stückes.

«Ich bin sehr zufrieden mit Ihnen, Alexandra. Sie spielen die Margarita nicht, Sie sind es selbst.»

Er ahnte nicht, welchen Schrecken seine Worte in mir hervorriefen. «Sie spielen sie nicht, Sie sind sie selbst.» Das war meine größte Angst. Dass sie mir meine Persönlichkeit nehmen könnte... Aber vielleicht war ich ja auch nur sehr, sehr müde. Ich hatte schon seit langem keine richtigen Ferien mehr gemacht; im Gegensatz zu meinen Kollegen hatte ich den Sommer immer in Warschau verbracht, so auch den letzten. Immer fehlte uns das Geld für eine Reise, Zygmunt verausgabte sich mit dem Bau des Hauses. Uns blieb meine Einzimmerwohnung, wo die Temperatur an heißen Tagen bis auf dreißig Grad stieg. Ich hätte zwar zu meiner Mutter fahren können, konnte mich aber nicht dazu entschließen, denn sie akzeptierte meine Art zu leben und meine Verbindung mit Zygmunt nicht. Ich wusste, sie würde mich mit ihren Fragen und ihrer Kritik nicht in Ruhe lassen. So war es für mich das kleinere Übel, den Sommer in meiner glühend heißen Wohnung zu verbringen, während in dem unglückseligen Interview zu lesen gewesen war, Zygmunt und ich sonnten uns jedes Jahr an den südlichen Stränden der Welt. Da konnte man der Journalistin nur zu ihrer Phantasie gratulieren.

Warum hatte eigentlich Elżbieta nicht näher nach dem Interview gefragt, war sie wirklich nicht neugierig? Oder kannte sie es doch? Hatte sie es an dem Tag gelesen, als es erschienen war? Schließlich hatte sie schon oft verschiedene Versionen bestimmter Ereignisse erzählt, die zwar weniger wichtig gewesen waren, aber immerhin. Und sie hatte meine Frage nicht beantwortet, warum sie damals nicht ins Theater gekommen war. Sie hatte mir zwar verschiedene Antworten gegeben, aber keine davon war die richtige. Vielleicht lag das Geheimnis in ihrer plötzlichen Frömmigkeit. Vielleicht hatte ihr Beichtvater ihr von den Machenschaften im Theater abgeraten, vor allem angesichts eines so häretischen Stückes. Ich hatte Angst um sie, denn ich spürte, dass ihr Bedürfnis nach dem Umgang mit Gott die Grenzen des Normalen überschritt und niemand bei ihr war, der versucht hätte, das wieder zurechtzurücken. Mich erschreckte auch der Ausdruck ihres Gesichts. Das war nicht sie!

Mir ist, als hörte ich Dareks Stimme. Also hat er sich doch durchgerungen und ist gekommen, obwohl wir im Streit auseinander gegangen sind. Er sagte damals: «Pass auf, du machst das Theater zu deinem Leben, wohin soll das führen?»

«Das ist meine Sache», antwortete ich.

«Ich habe nicht den Eindruck, dass du ein voll zurechnungsfähiger Mensch bist», sagte er mit Nachdruck, «du bist eher eine Theatermarionette. Ihr alle seid so, ihr Schauspieler, nicht einmal wenn ihr blutet, fließt echtes Blut.»

Dennoch hatte er die Anstrengung unternommen, mich zu besuchen, offenbar erkannte er an, dass der Unfall sich tatsächlich ereignet hatte, dass ich tatsächlich geblutet hatte. Der Arme, er hat keine Ahnung, dass er durch sein Kommen selbst zum Schauspieler geworden ist. Die Besetzung meines Stücks ist nun fast komplett, sofern das auf dem Flur dort wirklich er ist…

Ich überlegte, ob ich nicht mit Zygmunt über Elżbieta sprechen sollte. Aber er wusste ja nicht einmal, dass ich mich wieder mit ihr getroffen hatte. Vielleicht würde ihm das nicht recht sein. Nein, ganz sicher nicht. Zygmunt kam nicht in Frage. Und ihre Tochter? Bestimmt machte sie dieselben Beobachtungen und hatte deshalb nicht mit mir über ihre Mutter sprechen wollen. Eines Tages hatte Elżbieta mir mit einem Rosenkranz in den Händen die Tür geöffnet, sie hatte mich nicht einmal begrüßt, denn sie konnte ihr Gebet nicht unterbrechen. Es dauerte über eine Viertelstunde.

«Ich habe für meine Eltern gebetet», sagte sie endlich mit normaler Stimme. «Trinkst du einen Tee?»

Aber sie nahm ihr Angebot nach einem Blick auf die Uhr sofort zurück, denn sie fürchtete, nicht rechtzeitig in die Kirche zu kommen.

Ihr Verhalten machte mich immer niedergeschlagener. Ich hatte jetzt sogar mehr Angst um sie als damals, als ich sie verdächtigte, sie habe sich mit ihrer Rolle identifiziert. Vielleicht, weil ich das selbst durchgemacht und gelernt hatte, die Gefahr zu erkennen. Ich konnte mir nicht vorstellen, dass jemand, der vollkommen normal ist, sich so in eine Traumwelt flüchten kann. Denn solch ein inbrünstiger Glaube grenzt schon an Hysterie. Den Dialog mit Gott muss man sehr behutsam führen.

Am späten Abend, als Zygmunt und ich im Bett lagen, fragte ich ihn, ob er ein gläubiger Mensch sei.

«Gläubig woran?»

«An Gott.»

Zygmunt atmete geräuschvoll ein, was ein Zeichen von Missbilligung war.

«Hast du sonst noch irgendwelche Fragen an mich?»

«Und du an mich?»

Er lachte auf.

«Ich möchte sehr gerne wissen, ob du es schon geschafft hast, mich zu betrügen.»

Was meinte er? Oder eher, wen? Wen und was? Ging es um *Die Kabale der Scheinheiligen* oder jene andere Verschwörung? Sprach er jetzt von Darek, so wie Darek damals von ihm gesprochen hatte?

«Nun? Ich warte auf eine Antwort.»

«Ich muss wissen, was du meinst, wenn du von Betrügen sprichst», antwortete ich vorsichtig.

«Ich meine den physischen Betrug, den, den man mit einem fremden Körper im Bett begeht.»

Und wenn es nun kein fremder Körper war?, dachte ich unschuldig.

«Was ist mit deiner Antwort?»

«Eher nicht», sagte ich, «denn mich enttäuscht, dass du das Problem des Betrugs so eng siehst.»

Margarita … Margarita nahm allmählich menschliche Züge an. Ich umkreiste sie, betrachtete sie von allen Seiten, ich beschnupperte sie gewissermaßen, jedoch immer noch unsicher, auf Distanz. Wir befanden uns noch in der Phase der Leseproben oder – wie andere das nennen – der Tischproben. Wir arbeiteten an einem Fragment meiner Rolle: Margarita auf der Bank.

Leute gehen vorüber, Männer taxieren sie mit Blicken, ihre Schönheit und Eleganz hat sie neugierig gemacht. Aber sie tut nichts, sondern sitzt nur da. Ein Gast will sich zu ihr setzen, aber sie wirft ihm einen so abweisenden Blick zu, dass er sogleich verschwindet. Ich denke bei mir: «Warum habe ich den Mann eigentlich verjagt? Ich langweile mich, und dieser Schürzenjäger ist gar nicht so übel...» Sie neigt den Kopf und seufzt. Und dann die Veränderung auf ihrem Gesicht: «Ja, heute wird etwas geschehen!» Wegen dieser Szene kam es sogar zu einem Streit mit dem Regisseur, denn er wollte anfangs, dass Margarita diesen Monolog laut spricht.

«Ich bin hier der Regisseur», rief er aufgebracht.

«Wir arbeiten an der Rolle», schnauzte ich ihn an.

Er lachte ironisch.

«Soll ich Ihnen die Anekdote von dem Projekt der *Herrn Wołodyjowski** erzählen? Dort gibt es eine Szene, wie Wołodyjowski der Basia den Säbel aus der Hand schlägt. Der Schauspielerin, die diese Rolle spielte, gefiel das nicht, und sie schlug vor, die Szene so zu ändern, dass Basia Wołodyjowski überwältigt, dann erst sei das komisch! Das ist eine authentische Geschichte, Łącki hat sie mir erzählt!»

«Aber ich schlage Ihnen ja nicht solche Änderungen vor, ich möchte mir nur den inneren Monolog bewahren.»

«Dann probieren Sie's!»

Und ich probierte es. Zum Glück merkte er, dass es nicht schlecht war. Mein Gott, wenn ich laut hätte sagen müssen: «Ich langweile mich, und dieser Schürzenjäger ist gar nicht so übel...» Es war ein hartes Brot...

Ich ging mit meinem Skript unter dem Arm und dachte an Elżbieta. Was im Augenblick mit ihr vorging, geschah ja nicht ohne meinen Einfluss; womöglich hatte die Rolle der

---

* *Pan Wołodyjowski* – historischer Roman von Henryk Sienkiewicz (1846–1916). (A. d. Ü.)

Madeleine sie gar nicht in dem Maße beherrscht, wie ich gedacht hatte, sondern ihr einen Fluchtweg gewiesen. Als ich sie kennen lernte, hatte sie sich in den Alkohol geflüchtet. Jetzt ging sie in die Kirche. Das war natürlich etwas anderes, aber auch kein Ausweg. Übertriebene Religiosität kann keine Art der Lebensgestaltung sein, es sei denn, man ist Priester oder Nonne.

Machte ich mir Sorgen um sie, weil mich immer noch ein Gefühl der Schuld quälte? Das hätte Zygmunts Problem sein müssen, aber er schaute niemals zurück. Das war sein Grundsatz, wie er auch in dem Interview gesagt hatte. Würde er sich auch nach mir nicht umschauen, wenn es einmal nicht mehr mit uns weiterging? Vielleicht glaubte er, es müsse weitergehen, denn ich war sein letzter Jungbrunnen... Es ginge schließlich nicht an, dass seine nächste Frau noch jünger wäre als ich, und sollte sie älter sein, was wäre dann mit dem Jungbrunnen?

Eines Tages ging ich durch die Buchhandlungen – ich schaue mir gerne Bücher an, obwohl ich selten etwas kaufe, denn ich habe keine Zeit zum Lesen (es sei denn in den Phantasieferien in der Südsee...). Ich lese, was in den Buchhandlungen ausgelegt ist, von Regal zu Regal, manchmal ganze Gedichtbände. Ich schaute also in der Buchhandlung am Nowy Świat vorbei, und mein Blick fiel auf den Umschlag eines Buches, das ich schon einmal gesehen hatte. Es war jenes, das in Dareks Toilette büßen musste. Ich zögerte einen Augenblick, dann kaufte ich es – aus Trotz vielleicht, denn ich wollte nachprüfen, ob es wirklich ein solcher Skandal war.

Ich stellte wieder einmal fest, dass Männer übertreiben. Wie erwartet, waren es bittere Klagen der Witwe Łąckis, die kein leichtes Leben an seiner Seite gehabt hatte. Sie war sein

Jungbrunnen und musste wohl oder übel dafür bezahlen. Für mich war das, neben kleinlichen Auseinandersetzungen mit angeblichen Freunden und Feinden, die Geschichte einer schwierigen Liebe. Besonders berührte mich der Anfang, als Łącki als Rektor und sie als seine Studentin ihre Gefühle zueinander verbergen mussten. «Niemand bemerkte, wie Łącki mir manchmal im Vorübergehen, wenn ich auf dem Flur irgendwessen Monolog lauschte, einen Zettel oder einen Talisman in die Hand drückte, wie er aus einem Aschenbecher eine von mir nicht zu Ende gerauchte Zigarette herauszog oder in der Kantine schnell den Rest meines Kaffees austrank.» Darek hatte entschieden übertrieben, wenn er die Frau seines Idols dafür verdammte, dass sie mit ihm verheiratet war, sie war schließlich eine Frau ... Ich war auch verheiratet, vielleicht in einer etwas anderen Situation, aber ebenfalls mit einem sehr viel älteren Mann. Hätten wir uns gekannt, hätten wir vielleicht Erfahrungen austauschen können. Nur dass mein Partner einen schwerwiegenden Komplex hatte, weil ihm eigene Größe fehlte. Łącki war sich seiner Größe bewusst, und das konnte ihm niemand nehmen, obwohl sich grausam an ihm rächte, was er mit seinem Leben gemacht hatte. Der unnötige, sogar sinnlose Flirt mit dem Kommunismus wurde ihm angekreidet, und in der III. Republik schlossen sich fast alle Bühnen für ihn. So ging er mit seinem Lear überall herum und klopfte an die Theatertüren, doch sie blieben ihm verschlossen. Erst in Posen durfte er wieder spielen. Aber da war es bereits zu spät, sein erschöpftes, von den Chirurgen geflicktes Herz machte das nicht mehr mit.

Der Vergleich würde also zu meinen Ungunsten ausfallen, wäre nicht meine eigene Person, mein Beruf. Sie war als Kritikerin beim Theater, ich arbeitete im Theater – ein grundlegender Unterschied. Sie stand abseits und sah ratlos zu, wie das Theater ihren Mann verschlang, Zygmunt und ich wurden gleichermaßen aufgefressen. Wenn einem selbst etwas das Bein wegzieht, wird das Bein einer nahe stehenden Person automatisch weniger wichtig. Ich hatte mich ja erst vor kurzem davon überzeugen können, als ich zum ersten Mal das Gefühl hatte, nicht jeder schauspielerischen Aufgabe gewachsen zu sein. Früher hatte ich geglaubt, ich könnte jede Rolle spielen, wenn ich sie nur bekäme. Ich wusste natürlich, dass es nicht ausreichte, den Text auswendig zu lernen, um ihn dann später auf der Bühne zu verkaufen – so naiv war ich nicht. Man musste sein eigenes Bemühen und das Bemühen der anderen hineinstecken, aber am Ende war es doch immer mein Sieg. Bis zu jenem Tag, als Brzeski in meine Garderobe kam und verkündete, Elżbieta sei nicht im Theater …

Warum also interessiert sie mich noch immer so? So sehr, dass ich diese riskante Inszenierung ausschließlich ihretwegen auf mich genommen habe, um ihr endlich zu sagen, was ich für das Wichtigste im Leben halte. Hier muss sie mich anhören, denn es wird ein Wunder geschehen vor ihren Augen, die Auferweckung einer Schlafenden, ich will nicht sagen: einer Halbtoten, obwohl mich alle hier behandeln wie einen bewusstlosen Klotz, der mit einer künstlichen Lunge atmet.

Niemandem kommt in den Sinn, dass dieser Klotz denkt!

Die Arbeit an der Rolle der Margarita ähnelte weiterhin einem Kampf. Ich spürte, dass meine Haut undurchlässig wurde, ich fürchtete mich fast vor der Symbiose mit meiner Figur, als hätte das etwas Ungutes zur Folge. Aber gerade darauf beruhte mein Beruf, darauf, dass ich meine Seele verlieh. Früher war das etwas Natürliches gewesen, bis zu dieser verhängnisvollen Premiere. Wie sollte ich also weiter in meinem Beruf existieren, wo ich so vorsichtig und argwöhnisch geworden war? Das diente nicht zur Entwicklung meines Talents, soweit ich es noch nicht ganz verloren hatte.

Ein zusätzliches Problem war, dass Margarita mir seelisch fremd war. Irina hatte ich sofort verstanden, desgleichen die junge Julia, sogar die Heldin aus Tennessee Williams' *Glasmenagerie*, die ich in einer Fernsehaufführung gespielt hatte. Jede von ihnen hatte ein anderes Leben, andere Erfahrungen, aber sie waren alle jung. Wie ich... Armande war kaum siebzehn, von Julia gar nicht zu reden. Doch Margarita war eine reife Frau, und so hatte ich sie auch zu spielen. Bei Bulgakow ist sie zwar erst dreißig, geistig und seelisch aber sehr viel älter. Vielleicht machte das ihre Traurigkeit. Aus irgendeinem Grund konnte ich sie nicht verstehen, spürte eine immer stärker werdende innere Abwehr, je mehr ich mich ihr nähern wollte. Das geschah nicht von ihrer, sondern von meiner Seite. Ich war es, die sich auf der Bühne neu erschaffen und Margarita nennen sollte – bis zur letzten Vorstellung. Ich mochte Margarita nicht, weil ich nicht wusste, wie ich sie spielen sollte.

Bei den Proben täuschte ich meine Kollegen und den Regisseur, und sie alle waren bisher darauf hereingefallen. Denn ich tat nur so, als sei ich Margarita, und war es nicht, kein bisschen, und das musste irgendwann einmal ans Tageslicht kommen. Im Laufe der Proben hatte ich oft das Gefühl, auf eine Katastrophe zuzusteuern. Obwohl das auch Einbildung sein konnte. Vor jener Premiere damals hatte ich keinerlei böse Vorahnungen gehabt, von so viel Hoffnung und Enthusiasmus war ich erfüllt – und dann brach in einem einzigen Augenblick alles zusammen. Vielleicht würde es diesmal umgekehrt sein, vielleicht würden sich meine schwarzen Gedanken auflösen wie Nebelschwaden. Ich musste nur einen Weg finden, um die Blockade zu durchbrechen, die Angst vor Armandes Rückkehr überwinden ... Ihr hatte ich als Letzter vorbehaltlos meine Seele geliehen.

Ich dachte vollkommen ernsthaft darüber nach, ob ich die Rolle nicht abgeben sollte. Dafür war es jedoch zu spät, wir probten schon zwei Wochen lang, und außerdem – welche Garantie hatte ich, dass sich das bei einer neuen Rolle nicht wiederholen würde. Nein, ich musste mich selbst, meine Angst überwinden! Im Übrigen hatte Margarita ja auch ständig Angst, vielleicht kamen wir uns dadurch näher.

Am Abend fragte ich Zygmunt, ob er je etwas habe spielen müssen, was er nicht verstanden habe.

«Was meinst du damit?», fragte er und schaute mich mit ernstem Blick an.

«Nun, ... so ein Fehlen von Identifikation mit dem Helden.»

«So etwas gibt es nicht, du bekommst einen Umriss, den du ausfüllst. Du kannst dich nicht mit dem Umriss identifizieren wollen, das ist Sache des Regisseurs. Er ist der Schöpfer des Ganzen. Der Schauspieler kann nicht alles spielen, auch wenn er genial ist, außer er ist sein eigener Regisseur, aber dazu müßte er auch noch ein genialer Regisseur sein, und das kommt selten vor.»

Ich sah ihn mit leichtem Lächeln an.

«Das Talent eines Schauspielers hat nichts mit seiner Persönlichkeit zu tun, mit seiner Intelligenz. Für mich ist Talent, mit einem Regisseur zusammenzuarbeiten. Je größer der Schauspieler, desto besser gelingt ihm das. Wenn du ins Kino gehst, schau immer auf die Regie, nicht auf die Besetzung. Ich habe schon Hackmann oder de Niro in wirklich mittelmäßiger Form gesehen.»

Ich zuckte die Schultern.

«Ich rede vom Theater.»

«Glaubst du, im Theater ist es anders?»

Warum hatte ich wohl einen solchen Erfolg in den *Drei Schwestern*, dachte ich mit einem Fünkchen schwarzen Humors.

Ich wusste nicht, wie ich ihm meine Angst erklären sollte. Ich hätte damit meine Unfähigkeit weiterzuspielen eingestehen müssen. Konnte ich wirklich nicht mehr spielen, dann wäre mein Leben zu Ende. Denn ich kann – oder konnte – nichts anderes als spielen...

Die wirklichen dramatischen Ereignisse aber standen erst noch bevor. Es begann mit der Szene im Schlafzimmer, wo Margarita, die sich auf einen Ball vorbereitet, ihren Morgenrock abwirft und ihren Körper einölt. Der Regisseur hatte die Idee, die Veränderung ihres Körpers, seine plötzlich hervortretende blendende Schönheit durch entsprechende Beleuchtung zu unterstreichen. Und er wollte das probieren. Ich sollte auf die Bühne kommen, den Morgenrock abwerfen, unter dem ich natürlich nackt war. Er hatte das verlangt, weil es natürlicher wirken würde. Ich aber bestand darauf, meine Nacktheit mittels eines hautfarbenen Trikots darzustellen.

«Ich bin Schauspielerin und keine Stripteasetänzerin», sagte ich scharf.

«Größere Schauspielerinnen als Sie ziehen sich auf der Bühne aus», gab er zurück.

«Dann engagieren Sie doch bitte eine von denen.» Ich drehte mich um und ging in meine Garderobe.

Oh Gott, schoss es mir durch den Kopf, ich habe die Probe platzen lassen. Aber genau das war es, man musste sich so zurückziehen, dass niemand den wahren Grund ahnen, die Wahrheit erfahren konnte.

Sie hat sich ausgezogen, dachte ich. Das hatte zwar scheinbar nichts mit dem zu tun, was eben geschehen war – vielleicht aber doch. Es war das unbestimmte Gefühl, dass sie und ich in einer Art von Symbiose lebten, dass wir uns ergänzten – wenn die eine nicht in der Nähe war, fühlte die andere sich unvollständig. Dieses Gefühl war in meinem Unterbewusstsein verankert und meldete sich von Zeit zu Zeit wieder. Wie jetzt. Ich wusste, dass meine Schwäche eng mit der Person Elżbietas verbunden war und es sinnlos war, ihr Madeleines und mir Armandes Kostüm anzuziehen. Ich brauchte sie, und sie brauchte mich wohl auch. Vielleicht waren wir uns gar nicht deshalb begegnet, weil wir beide denselben Mann hatten. Zygmunt tat hier nichts zur Sache. Wichtiger war unsere Begegnung. Im Leben, vor allem aber auf der Bühne. Alle, die die Generalprobe gesehen hatten, hatten bestätigt, dass die Inszenierung etwas Außergewöhnliches gewesen war. Und hätte Elżbieta die Premiere nicht verweigert, hätte die Kritik sicherlich das Gleiche geschrieben.

Ein Klopfen an der Tür, der Regisseur trat ein.

«Alexandra, vielleicht habe ich mich unnötigerweise aufgeregt. Ich möchte eben nur jede Künstlichkeit vermeiden, davon gibt es im Theater schon genug.»

Ich bemühte mich um einen freundlichen Gesichtsausdruck.

«Sie haben wohl Recht, Ihre Version ist sicher die bessere.»

Denn auch sie hatte sich ausgezogen...

«In den Proben können Sie in Unterwäsche auftreten.»

«Gut», erklärte ich mich einverstanden.

«Darf ich dir vorlesen?», fragte er mich jedes Mal, und ich konnte ihm darauf nicht antworten. Dieses Vorlesen widerstrebte mir, denn ich wusste bereits, was ihn mit ganzer Grausamkeit treffen musste, wenn er den Beginn des ersten Dialogs sprach:

«Wer? Wer ist da?»

«Das sind wir, deine guten und schlechten Taten», antworten die Stimmen hinter den Kulissen.

All das geschieht nachts im leeren Theater. Der Schauspieler ist allein auf der Bühne und probt die Rolle des König Lear, aber diese Stimmen stören ihn dabei, sie sind nichts anderes als die Stimmen seines Gewissens.

Mein innerer Kommentar: Eine gute Idee, eine wunderbare sogar, doch leider fehlt der richtige Schauspieler dazu …

Gleich nach der Probe ging ich zu Elżbieta. Zum Glück traf ich sie zu Hause an. Sie schien nicht verwundert über meinen Anblick.

«Wie geht's dir?», fragte sie kurz.

«Elżbieta, ich flehe dich an, hilf mir, etwas herauszufinden. Spiel mit mir zusammen.»

«Ich bin fertig mit dem Theater.»

«Nein, nicht im Theater, bei einer Leseprobe, nur du und ich. Das ist so wichtig für mich.»

Sie schaute mich an und blinzelte leicht, als könne sie mich so besser sehen.

«Ist das wieder so ein Spielchen von dir?»

«Ich habe keine Spielchen gespielt, das warst du! Du! Ich bin von dir abhängig …»

Sie lächelte leichthin.

«Hast du ihm auch gesagt, du seist von ihm abhängig? Solche Dinge darf man zu niemandem sagen, hörst du, zu niemandem!»

Ich fühlte, wie Tränen in mir aufstiegen.

«Wenn ich mich hier schon zum Narren machen lassen soll, dann will ich auch wissen warum», sagte sie endlich.

«Das sage ich dir, wenn du einverstanden bist …»

Sie überlegte eine Weile.

«Jelena und Sonja!»

«Hast du den Text?»

«Tschechows *Dramen* dort auf dem Regal», sie zeigte auf das Regal im Flur, von dem mir damals die Vase auf den Kopf gefallen war.

Ich suchte *Onkel Wanja* in dem Band.

«Wir werden abwechselnd aus dem Exemplar lesen, denn wir haben nur das eine», schlug ich vor.

«Dann nimm du es, ich kann den Text auswendig», sagte sie leichthin, aber es war ein Bekenntnis. Früher einmal hatte sie diese Rolle spielen wollen, so sehr, dass sie sie auswendig gelernt hatte.

«Welche Rolle?»

«Jelena.»

Sie wollte also Jelena sein, diese schöne, von Männern verehrte Frau voll innerer Harmonie. Es freute mich sogar, dass sie sie und nicht Sonja gewählt hatte, denn Sonja war mir näher. Und nun sollte sie meine Richterin sein, sollte darüber entscheiden, ob ich beim Theater blieb oder es verließ. Die liebe Sonja, sie konnte mir nicht unrecht tun …

«Fang an bei der Stelle: ‹Ich bin hässlich›», entschied Elżbieta.

«Ich bin hässlich», las ich.

Elżbieta lächelte rätselhaft, und es war ein Lächeln, das nicht zur Rolle gehörte, denn es war nicht Jelena, die Sonja, die sie ehrlich gern hatte, anlächelte, es war die erste Frau, die der zweiten zulächelte, ein sehr viel komplizierterer Ausdruck als Liebe oder Nichtliebe.

«Du hast sehr schönes Haar», antwortete sie.

«Nein, nein. Wenn eine Frau hässlich ist, sagt man ihr stets: ‹Sie haben sehr schöne Augen, Sie haben sehr schönes Haar …› Ich liebe ihn schon sechs Jahre …» In dieser Sekunde wurde mir bewusst, dass ich Zygmunt schon sehr viel länger kannte, «ich liebe ihn mehr als die eigene Mutter; jede Minute höre ich ihn, spüre ich den Druck seiner Hand, und ich schaue zur Tür, warte, und dauernd ist mir, als müsse er gleich hereinkommen. Und du siehst ja, ich komme in einem fort zu dir, um über ihn zu reden. Er ist jetzt jeden Tag hier, aber er schaut mich nicht an, er sieht mich gar nicht... Es ist so eine Qual! Ich habe keinerlei Hoffnung, ich habe und habe keine... oh Gott, gib mir Kraft!»

Und plötzlich spürte ich, wie die Kräfte in mir wuchsen, wie alles an seinen Platz zurückkehrte. Ich las den Text des Stückes, in dem ich mir die Rolle der Sonja ausgesucht hatte, und diese Rolle begann sich schon in mir zu formen, ich fühlte, wie sie wuchs, wie sie anschwoll und einen Weg nach außen suchte. Lebensfreude und der Glaube an die eigene Kraft kehrten zurück, wenn ich auch noch misstrauisch war und nicht vergessen konnte, was ich in letzter Zeit durchgemacht hatte. Es konnte ja auch alles nur eine Illusion sein.

«Und er?», fragte Elżbieta. Nein, es war Jelena, die das fragte.

Sonja: Er nicht. Er bemerkt mich gar nicht.

Jelena: Ein merkwürdiger Mensch... Weißt du was? Erlaube, dass ich mit ihm rede... Vorsichtig, in Andeutungen. Wirklich, wie lange soll so eine Unsicherheit noch dauern. Erlaube es mir.

Als Sonja nickte ich zustimmend.

Jelena: Also schön. Ob er liebt oder nicht, das ist nicht schwer herauszubringen. Werd' nicht verlegen, Kind, keine Sorge – ich verhöre ihn vorsichtig, er wird es gar nicht merken. Wir wollen ja nur wissen – ja oder nein.

Ich hörte ihr zu, ich beobachtete sie, sie war zu alt für die Jelena, ihr Gesicht war ungeschminkt, mit hässlichen Schatten unter den Augen, aber dennoch war sie Jelena. Sie war so faszinierend, dass ich vergaß, dass ich selbst mitspielte in diesem Stück.

Ihr Schweigen rief mich zur Ordnung.

SONJA: Du wirst mir die Wahrheit sagen?

JELENA: Ja, natürlich. Ich glaube, die Wahrheit, wie sie auch sein mag, ist weniger schrecklich als die Ungewissheit. Verlass dich auf mich, mein Kind.

Das kann ich nicht, antwortete ich in Gedanken, gerade dir kann ich nicht vertrauen, laut aber sagte ich den Text meiner Rolle.

SONJA: Ja, ja. Ich werde sagen, du wolltest seine Zeichnungen sehen. Nein, die Ungewissheit ist besser. Das ist immerhin eine Hoffnung …

Ich sagte den Text her und führte in meinem Kopf zugleich ein Gespräch mit Elżbieta: Wie soll ich dir vertrauen, wenn du eine so zweideutige Passage aus dem Stück ausgesucht hast, eine Passage, die einen Mann betrifft, der im Stück dich liebt und im Leben mich …

JELENA: Was sagst du?

SONJA und ich gleichzeitig: Nichts.

Und hier sollte ich abtreten, aber es war ja nur eine Leseprobe, also legte ich nur den Text beiseite. Ich dachte, wir würden damit aufhören.

Jelena: Nichts ist schlimmer, als wenn du ein fremdes Geheimnis kennst und nicht helfen kannst. In sie verliebt ist er nicht, das ist klar, aber wieso sollte er sie nicht heiraten? Hübsch ist sie nicht, aber für einen Landarzt, in seinem Alter, wäre sie eine sehr gute Frau. Klug, so gütig, rein...

«Hör auf», stieß ich hervor. «So denkst du doch gar nicht von mir! Dass ich klug, gütig und rein bin.»

Sie schaute mich etwas abwesend an.

«Das steht nicht im Text?!»

«Nein, das tut es nicht», stammelte ich, aus dem Konzept gebracht. «Sonja ist gar nicht mehr im Zimmer.»

«Warum unterbrichst du mich dann?»

Sie warf den Kopf zurück und setzte ihren Monolog fort.

Jelena: Das Gewissen würde mich quälen. Er ist jeden Tag hier, ich ahne, weshalb er hier ist, und schon fühle ich mich schuldig, bin bereit, vor Sonja auf die Knie zu fallen, sie um Entschuldigung zu bitten, zu weinen.

Sie verstummte. Wir sahen uns an, und im gleichen Augenblick stiegen mir und ihr Tränen in die Augen.

«Das müßte ich sagen», flüsterte ich.

Aber sie verstand das nicht.

«Nun? Was haben dir deine Nachforschungen gebracht?», fragte sie in normalem Tonfall.

«Meine Rolle war zu klein», antwortete ich.

Sie verlangte keine weiteren Erklärungen, obwohl ich ihr das zuvor versprochen hatte. So war sie eben, maßlos diskret. Es wäre mir lieber gewesen, sie hätte mich ausgefragt, vielleicht wäre es mir dann leichter gefallen, mich vor ihr zu öffnen. Aber so machten wir beide den Eindruck, als tappten wir im Dunklen. Doch wir kamen voran, so viel war klar.

Meine Antwort war übrigens ehrlich gewesen, ich wusste nicht, ob meine Krise vorübergehen würde. Dieser erste Lichtblick, den ich beim Lesen der Rolle der Sonja gehabt hatte, gab mir zumindest Hoffnung. Jedenfalls würde ich niemals die Lektion vergessen, die das Theater mir erteilt hatte, auch wenn ich meine alte Form zurückgewann. Man kann sich auf niemanden völlig verlassen, nicht einmal auf sich selbst.

Ich beobachtete nun auch meine Beziehung zu Zygmunt aufmerksam. Elżbieta hatte mich nicht gegen ihn aufgehetzt, das war es nicht. Sie hatte wohl bittere Dinge gesagt, jedoch nicht unmittelbar gegen ihn gerichtet, sondern gegen Männer im Allgemeinen.

«Die dümmste Sache im Leben sind Illusionen», hatte sie einmal gesagt, «aber die meisten der Leutchen wissen das nicht.»

Es ärgerte mich, dass sie oft solche Verkleinerungsformen verwendete, wenn sie von Menschen oder Dingen sprach, denn ich spürte darin einen Unterton von Überheblichkeit. Für alles hatte sie eine Verkleinerungsform – nur für Gott nicht. Offensichtlich spürte sie in diesem einen Fall etwas ihr Übergeordnetes, sogar eine Macht. Ich wusste noch nicht genau, was die Religion ihr bedeutete, die sie so plötzlich für sich entdeckt hatte. Sie schien mit Gewalt nach irgendeinem Ziel zu suchen, um fieberhaft eine Leere auszufüllen. Aber sie war ja gerade erst auf die Bühne zurückgekehrt, und wenn sie nur gewollt hätte, wäre es ein erfolgreiches Comeback geworden. War also diese Leere durch die neuerliche Trennung vom Theater zustande gekommen? Ich musste die ganze Wahrheit wissen, die Gründe, warum sie die Premiere hatte platzen lassen und das Theater verlassen hatte. Ich hoffte, sie würde mir das eines Tages sagen. Jetzt war es dazu noch zu früh, unsere Beziehung stand noch am Anfang. Mein

Verhältnis zu ihr war noch immer nicht ganz klar. Es hatte sicher mit meinen Schuldgefühlen begonnen, aber dann hatte ich entdeckt, dass wir uns sehr ähnlich waren und ein Ähnliches Weltverständnis hatten. Später kam meine Krise und die Idee, sie könnte mir helfen. Und wer weiß – vielleicht wäre das wirklich geschehen. Denn meine Krise bestand ja darin, dass ich plötzlich nicht mehr wusste, wie ich spielen sollte, dass das, was ich auf der Schauspielschule gelernt hatte, aus meinem Gedächtnis entschwunden war. Es war in meinem Kopf zu einer Blockade gekommen, und unsere Leseprobe aus *Onkel Wanja* hatte diese Blockade aufgebrochen. Nun hoffte ich, sie würde bald ganz verschwinden. Und das hätte ich dann Elżbieta zu verdanken. Zygmunt hatte mir nicht geholfen, er hatte mir nicht einmal zuhören wollen, allerdings war ich auch nicht bereit gewesen, ihm alles zu erzählen. So viel Selbsterhaltungstrieb war mir noch geblieben. So trug er im Grunde keine Schuld, aber ich legte ihm trotzdem zur Last, dass er nicht auf mich eingehen wollte. In jenem idiotischen Interview war er gefragt worden: «Männer sind gerne Pioniere, hier hatten Sie die Chance, aus einem Mädchen eine Frau zu machen. War das ein Anreiz für Sie?» Zygmunts Antwort darauf: «Es war eine doppelte Chance, es war auch die, aus einer Schülerin eine Schauspielerin zu machen, ich bin ein Glückspilz. So ein Pygmalion-Spiel kann mitunter reizvoll sein.» Ich wollte lieber glauben, dass eine fähige Journalistin ihm seine Antworten in den Mund gelegt hatte, so wie das mit meinen Antworten geschehen war. Ich spürte jedoch, dass das seine eigenen Worte waren. Wenn er sich wenigstens etwas anders ausgedrückt hätte, wenn er wie jener alte Schriftsteller, der in eine Fünfundfünfzigjährige verliebt war, gesagt hätte: «Das ist ganz mein Stil», oder eher «sie ist ganz mein Stil».

Aber Zygmunt hatte es eben so formuliert, zu meinen

Ungunsten, und das konnte ich ihm nicht vergessen. Und meine Antwort, die ich ihm in Gedanken gab, wurde immer länger und negativer. Sie begann damit, dass er keinen allzu großen Einfluss auf meine Entwicklung als Schauspielerin gehabt habe. Viele Dinge hatte ich von selbst gelernt, ich war auch mit mir selbst ins Reine gekommen, genau wie jetzt. Mein Talent war nicht zu bezähmen gewesen, es hatte nicht in den engen Rahmen der Schauspielschule gepasst. Wenn, dann hatte Zygmunt es also eher zähmen als entwickeln müssen. Elżbieta hatte gesagt, ich hätte mich gut geschlagen in meinen Filmen, denn ich hätte die Manier der Schauspielschule schnell abgelegt. Und sie hatte wohl Recht, denn nachdem ich die Mauern der Schule hinter mir gelassen hatte, atmete ich leichter. Ich war in meinem Element, hatte die Irina sehr unprofessionell gespielt, gerade deshalb waren wohl alle so begeistert gewesen. Zygmunt hatte mich anfangs zügeln wollen, dann ließ er mich so spielen, wie ich empfand. Seine Rolle in meinem Leben bestand also darin, dass er mich nicht gehindert hatte, ich selbst zu sein, dass er aus mir keinen seelenlosen Automaten gemacht hatte, der Phrasen auf der Bühne nach einem jahrelang erlernten Schema wiederholt. Das war viel, aber er war weit von einem Pygmalion entfernt. Ich hatte wirkliche Größen als Lehrer gehabt – Tadeusz Łącki, den ich mir mehr als hundertmal auf einer Videokassette im *Geizigen* angesehen hatte, und Janusz Gajos, der im *Abendessen für vier Hände* Johann Sebastian Bach spielte. Ich konnte mich nie genug darüber wundern, wie ein eher durchschnittliches Gesicht die kompliziertesten Gefühle darzustellen vermochte. Jede Muskelbewegung, jedes Verziehen des Mundes, jedes Lachen – alles hatte seine Bedeutung, war eine Zeichensprache, die Sprache eines Genies. So beobachtete ich im Theater die Männer und nicht meine Kolleginnen. Zygmunt ahnte natürlich nichts davon. Vielleicht war seine Äußerung der Journalistin gegenüber sogar ehrlich gemeint. Es hieß so viel wie: Ich habe ein junges Mädchen geheiratet, weil ich eine Autorität für sie bin, weil sie mich bewundert, weil sie mit mir leidet, und ich lerne von ihr jugendlichen Enthusiasmus.

Mein jugendlicher Enthusiasmus, ha, ha, ha! Ich, die Komödiantin, trug schwer an den Ängsten und Missgeschicken meiner Vorgängerinnen, hatte per Testament ihre nicht vergossenen Tränen der Wut geerbt. Triumphe sammeln sich nicht an, sie verfliegen wie bunte Schmetterlinge im Wind, nur die Katastrophen halten krampfhaft zusammen und wachsen.

Ich wusste das bereits. Ich hatte Zygmunt geheiratet, weil ich mich in ihn verliebt hatte, aber er war schon lange keine Autorität mehr für mich, es rührte mich eher, dass er es nicht war. Mich rührte dieser ewig in Affären verstrickte, sich in den verschiedensten Verpflichtungen verlierende Professor der Schauspielschule, der darauf bestand, Schauspieler zu sein, was ihm aber nicht überzeugend gelang. So dachte ich. Aber an jenem Tag, während der Generalprobe zur *Kabale der Scheinheiligen*, als Zygmunt wirklich spielte, begriff ich, wie sehr ich das an ihm vermisst hatte.

Ich suche bestimmt keine Mutter in ihr, auch wenn sie es sein könnte. Sie hat mich nicht wie eine Tochter behandelt. Es war eine echte Freundschaft, wie sie in meinen Kreisen so selten ist. Vielleicht konnten meine Kollegen sie deshalb nicht verstehen, über uns waren gehässige Gerüchte in Umlauf – wie damals über Zygmunt und mich. Dabei hätte man, was Elżbieta und mich anging, von einem Pygmalion-Spiel sprechen können …

Die nächste Probe, vor der ich mich so gefürchtet hatte, wurde ein Sieg. Ich hatte diese Rolle, hielt sie fest und wollte ihr nicht erlauben, mir zu entgleiten. Der Kollege, der den Satan spielte, lag ausgestreckt auf dem Sofa, trug ein schwarzes, zerrissenes und schmutziges Hemd – es sollte natürlich so aussehen. Es war aufgeknöpft und gab auf der entblößten Brust einen meisterhaft gefertigten Skarabäus aus schwarzem Stein an einer Kette frei.

Die Probe begann, ich trat auf. Gella reibt Voland das Knie, er hält eine Schachfigur in der Hand; das Schachspiel mit dem Kater Behemoth – die Rolle spielte einer meiner Lieblingskollegen –, der sich bei Margaritas Anblick unter dem Sofa versteckt.

> VOLAND: Ich grüße Euch und bitte Euch, meine saloppe Aufmachung zu entschuldigen.
>
> Er nimmt einen Degen vom Bett und schiebt ihn mit Schwung unters Sofa.
>
> VOLAND: Komm vor! Die Partie wird unterbrochen. Der Gast ist eingetroffen.

Und ich darauf: «Das ist keineswegs notwendig, Messere ...»

In diesem Ausruf war all das enthalten, was ich seit Wochen nicht hatte finden können. Margarita sagt das leise, aber deutlich, dann lächelt sie.

> MARGARITA: Aber ich flehe Sie an, die Partie nicht abzubrechen. Ich glaube, die Schachzeitschriften würden viel Geld dafür bezahlen, wenn sie die Möglichkeit hätten, sie zu drucken.

Diesen Satz sagte ich mit meiner früheren Stimme, mit meinem früheren inneren Gefühl. Ich fühlte Triumph, bemühte mich, dass die anderen es nicht bemerkten, aber sie waren auch zuvor taub gewesen. Vielleicht war ich ja ein so gutes Double meiner selbst.

Als ich von der Probe zurückkam, wusste ich nicht, wohin mit mir. Ein Wunder war geschehen, und ich konnte niemandem davon erzählen, nicht einmal Zygmunt. Nur Elżbieta nahm meine Probleme ernst, deshalb hatte sie sich auch zu der Leseprobe bei sich zu Hause bereit erklärt. Ich glaubte, das würde alles entscheiden. Ohne mir genau darüber im Klaren zu sein, was ich tat, packte ich ein paar Sachen. Als hörte ich auf einen innerer Befehl: mit dem Koffer in der Hand vor ihrem Haus erscheinen. Und ich stellte mir vorerst nicht die Frage, ob ich Zygmunt nur für einige Zeit oder für immer verließ.

Er las noch immer. Das Rascheln des Papiers.

«In diesem Augenblick erscheinen Gestalten auf der Bühne, keine Geister mehr, sondern lebendige Menschen. Der Schauspieler erkennt plötzlich, dass es Tag geworden ist und die Probe beginnt. Er atmet tief:

> König Lear: So ist noch nichts verloren. Kommt! Wenn ihr's haschen wollt, müsst ihr's im Laufen haschen.

Jeder weiß, das sind die letzten Worte der Rolle, und es sind die letzten, die Tadeusz sprach. Er läuft hinaus hinter die Kulissen und bricht zusammen. Hier, im Film, hören wir das Echo des zu Boden fallenden Körpers, aber kurze Zeit später tritt der Schauspieler auf die Bühne, um sich zu verbeugen. Auf diese Weise geben wir dem Zuschauer zu verstehen, dass jemand wirklich Großes selbst den Tod zu täuschen vermag.»

Du willst dich selbst täuschen, dachte ich.

Wieder stand ich in ihrem Flur, vor jenem Regal.

«Das Zimmer im Obergeschoss wartet», sagte sie, ohne überflüssige Fragen zu stellen.

Aber Zygmunt stellte sie, als er am Abend anrief.

«Ist meine Frau da?», fragte er sie geradeheraus, denn sie hatte abgenommen.

«Welche?»

«Mir ist nicht nach Scherzen zumute.»

«Niemand will hier Scherze machen. Deine beiden Frauen sind hier, die alte und die junge.»

«Und wie lange wollen sie zusammenbleiben?»

«Frag sie selbst», antwortete sie und gab mir den Hörer.

Ich schluckte, meine Kehle war trocken.

«Zygmunt...», begann ich, «ich hatte in letzter Zeit Probleme mit mir selbst, und – ich habe mich entschlossen, bei Elżbieta zu wohnen.»

«Und warum nicht bei der Königin von England?»

Er war sehr verärgert und hatte seine Stimme nicht in der Gewalt. Seine berühmte Diktion ließ ihn im Stich und damit auch seine Höflichkeit, die ihm so oft seine Rollen verdorben hatte.

«Weißt du, was geschehen wird? Ganz Warschau wird sich kaputtlachen.»

«Das haben wir schon einmal durchgemacht.»

«Aber damals war ich weniger lächerlich.»

«Hast du Angst vor den Warschauerinnen», warf Elżbieta ein, die das Gespräch an dem zweiten Apparat verfolgte.

Ich war genauso überrascht wie Zygmunt.

«Ich konnte mich nicht zurückhalten, ich musste mit anhören, was du ihr sagst», in ihrer Stimme schwang ein Unterton boshafter Genugtuung, «ob du ihr dasselbe sagst wie ich dir damals, als ich dich anflehte, mich nicht zu verlassen. Ganz Warschau wird es herumposaunen, sagte ich dir damals. Und du hast mir geantwortet – weißt du noch, was?»

«Nein.»

«Dann werde ich es dir ins Gedächtnis rufen. Du sagtest: ‹Was andere von mir denken, ist zweitrangig. Ich habe ein Recht auf Glück, genauso wie ein Schuhputzer oder ein Maschinist.›»

«Aber jetzt soll ich Rektor werden.»

Elżbieta fauchte ins Telefon: «Das ist eine Antwort, die Hamlet würdig ist.»

Zygmunt legte auf, und auf einmal tat er mir Leid. Ich wollte ihm nicht das Leben schwer machen, ich hatte mir nicht klargemacht, wie er das aufnehmen, wie all das nach außen hin erscheinen würde. Er war für mich schon lange nicht mehr «ein Mann mit zwei Frauen», aus uns war eine Dreierbeziehung geworden: Elżbieta, Zygmunt und ich gehörten zusammen. Und plötzlich begriff ich, dass ich zwischen ihnen wählen musste, wenn ich eine Konfrontation herbeiführte.

Langsam ging ich die Stufen hinauf zu dem Zimmer, das Elżbieta für mich fertig gemacht hatte, mich überraschte das bezogene Bett und zurechtgelegte Nachthemd. Als hätte sie gewusst, dass ich kommen würde. Es war auch dasselbe Nachthemd, in dem ich das erste Mal bei ihr übernachtet hatte, nur frisch gewaschen und gebügelt. Oder war das eine neue Falle? War ich nur ein willenloses Werkzeug in ihren Händen? Ich hatte geglaubt, selbst die Entscheidung getroffen zu haben, Zygmunt für einige Zeit zu verlassen. Es war bestimmt keine endgültige Trennung, ich wollte nur allein sein und nachdenken, wie es weitergehen sollte. Und ich hatte gedacht, Elżbieta würde mir nichts weiter als ein Dach über dem Kopf bieten, aber nun musste es so aussehen, als hätte ich Zygmunt ihretwegen verlassen. Wie hatte sie unser

Gespräch belauschen und sich auch noch einmischen können! Er glaubte jetzt sicher, wir hätten das gemeinsam geplant, und das Gespräch für drei Stimmen sei kein Zufall, sondern eine bewusste Aktion gewesen. Wenn, dann war es ihr Plan. Aber das hatte er nicht verdient. Schließlich hatte er sich bereiterklärt, mit uns *Die Kabale der Scheinheiligen* zu spielen, obwohl er von der Idee nicht begeistert war. Er hätte auch absagen und diesen gemeinsamen Auftritt boykottieren können. Er hätte Einfluss auf den Regisseur nehmen können, sie waren schließlich gute Freunde, aber er hatte es nicht getan. Er hatte lediglich seine Meinung dazu gesagt und keinerlei Druck ausgeübt. Und nun traten wir gemeinsam gegen ihn an, denn so musste es aus seiner Sicht erscheinen – als eine Kabale seiner Frauen …

Ich beschloss, mit Elżbieta darüber zu sprechen. Ich klopfte an ihre Tür und drückte die Klinke hinunter. Ich fand sie vor dem Bett kniend, das Gesicht in den Händen verborgen. Im ersten Augenblick dachte ich, sie weine, aber sie betete. Als sie sich zu mit umwandte, erzitterte etwas in mir. Madeleine … Also ging das unterbrochene Stück noch immer in mir weiter, und wir spielten wohl oder übel unsere Rollen, sie, ich und Zygmunt. Oder eher Molière …

«Möchtest du noch etwas?», fragte sie, noch immer kniend, als habe sie vor, sich gleich wieder ihrem Gebet zuzuwenden.

«Ich wollte etwas erklären», begann ich fast feindselig.

«Ich höre.» Diesmal erhob sie sich und setzte sich aufs Bett – ihr Gesicht war das der Madeleine Béjart. Sie trug ihr schwarzes Kleid.

«Weißt du einen Titel für das Stück, in dem wir alle drei spielen?»

Sie hob leicht die Brauen, ein theatralischer Ausdruck der Verwunderung.

«Wir drei? Wir wollten zusammen spielen, aber das ist doch nun Vergangenheit.»

«Bist du sicher?»

«Auf jeden Fall.»

«Und warum hast du mich heute nicht mit meinem Mann sprechen lassen?»

Sie lächelte leichthin.

«Ich habe mit ihm gesprochen, du hast dich ins Gespräch eingemischt, natürlich mit meiner Erlaubnis. Ich habe dir selbst den Hörer gegeben.»

Ich fühlte, wie meine Wangen heiß wurden.

«Dreh mir nicht das Wort im Mund herum! Außerdem habe ich den Eindruck, dass ich nicht freiwillig hergekommen bin, du hast mich hierher gelockt.»

Sie machte eine verneinende Kopfbewegung, immer noch mit diesem triumphierenden Lächeln auf dem Lippen.

«Nicht ich habe dich hierher geführt, sondern das Schicksal, und des Schicksals Mühlen mahlen langsam, aber trefflich fein.»

Es heißt doch wohl «Gottes Mühlen», ging es mir durch den Kopf.

«Ich habe lange darauf gewartet, jahrelang. Wenn er nachts nicht heimkam oder für einige Tage verschwand, wusste ich, dass er nach Krakau gefahren war, zu seiner Geliebten, alle wusste das. Hier und dort. Und schließlich eröffnete er mir, er habe sich verliebt und werde zu seiner neuen Liebe ziehe.»

«Zu mir», sagte ich leise.

«Ja, zu dir. Aber ich habe dir gesagt, du hast mir mehr gegeben, als du mir genommen hast. Und jetzt hast du mir den Rest zurückgegeben.»

«Jetzt hast du mir etwas genommen!», sagte ich scharf.

«Ihn? Er wird dich immer wieder aufnehmen. Wahrscheinlich, weil er dich liebt und Angst vor einem Skandal hat. Du hast es ja gehört, er soll Rektor werden. Also steigen wir auch auf, ich zur ehemaligen, du zur derzeitigen Frau Rektor.»

Ich zitterte vor Erregung und war den Tränen nahe.

«Ich bitte dich, bleib bis zum Morgen», sagte sie. «Gib mir diese Nacht, sie wird eine Nacht des Triumphes für mich werden.»

Ich sah in ihr Gesicht, als würde ich aus seinem Ausdruck ablesen, ob das Urteil für mich günstig ausfiele oder nicht. Ich kannte dieses Gesicht bis in alle Einzelheiten, so oft hatte ich es beobachtet. Alles hing von ihrer Prophezeiung ab – meine Existenz im Theater oder mein Privatleben oder auch beides. Jetzt sah sie mich an. Ich bemerkte, dass sie geschwollene Lider hatte und Falten um die Augen herum, sie schien älter, als sie in Wirklichkeit war. Ich wollte sie nicht verletzen, aber ich nahm dennoch meinen Mantel und den nicht ausgepackten Koffer. Als ich die Treppe ihres Hauses hinunterging, wurde ich das Gefühl nicht los, dass auf der Bühne die Lichter ausgingen.

Zygmunt schlief nicht, er hörte des Knirschen des Schlüssels im Schloss und kam an die Tür, um mir zu öffnen.

«Es ist dumm gelaufen mit dem Rektorenposten», waren seine ersten Worte.

«Es ist überhaupt dumm gelaufen», antwortete ich.

Ich kreiste zwischen ihnen wie ein Meteor, und Meteoren haben bekanntlich ein kurzes Leben. Und ich...

Wir saßen am Tisch in unserer kleinen Küche, und ich konnte das Gefühl nicht loswerden, dass das Spiel weiterging. Diesmal auf einer Kammerbühne.

«Zygmunt – mit Elżbieta ist es nicht so, wie du vielleicht denkst.»

«Was soll das heißen?», fragte er wütend.

«Ganz und gar nicht das, was dir im Moment durch den Kopf geht. Es könnte nach Rache an dir aussehen… Als würde sie mich dazu benutzen, sich an dir zu rächen.»

Er lächelte bitter.

«Und so ist es nicht?»

«Sie und ich… Wir brauchen einander. Und das hat ganz bestimmt nichts mit dir zu tun. Aber trotzdem gibt es uns drei, und dadurch wird alles sehr kompliziert.»

Zygmunt nickte mit dem Kopf, als stimme er mir zu.

«Sie nützt dich aus. Verstehst du?», hörte ich ihn sagen.

«Du irrst dich, das ist eine beiderseitige Abhängigkeit.»

«Nur dass auf der anderen Seite ich stehe und nicht sie!»

Ich dachte mit Schrecken, er könne vielleicht Recht haben. Aber so war es wohl doch nicht. Das war Stoff für eine Rolle aus dem Vaudeville, hier aber wurde ein Drama gespielt. Keiner von uns dreien hatte eine komische Rolle, wenn es auch von außen so aussehen mochte.

«Ich hatte das Gefühl, ich sei für die Bühne gestorben, sie hat mir geholfen, mich wieder zu finden.»

Zygmunt sah mich mit großen Augen an.

«Wann soll denn das gewesen sein?»

«Vor kurzem.»

«Davon habe ich nichts gemerkt.»

«Ich konnte – ich wollte es dir nicht sagen. Ich habe mich an Elżbieta gewandt. Sie hat nicht bagatellisiert, was in mir vorging, und Bühne und wirkliches Leben erhielten ihre richtigen Proportionen zurück.»

«Sie hätten sie auch so zurückerhalten, das ist der Lauf der Dinge. Manche Rolle gehen uns unter die Haut und fallen dann ganz von selbst von uns ab.»

«Aber diese Rolle wollte nicht von mir abfallen und wenn doch, dann nur zusammen mit meiner Haut. Es war ein Horror, als hätte ich nur noch nacktes Fleisch auf den Knochen.»

Er lächelte, und ich sah, er glaubte mir nicht, er meinte, ich hätte übertrieben, retuschiert. Also schwieg ich. Wir gingen ins Bett. Wir waren auf eine bestimmte Art zusammen, das heißt, uns verband eine physische Nähe, aber es fehlte die Harmonie, die innere Verbundenheit.

«Ich habe mich nach dir gesehnt», flüsterte er.

«Weil ich dein blondes Maskottchen bin, deine jungen Hormone...»

«Was redest du da! Du! Du und ein Maskottchen, mit deinem Charakter. Du könntest einen Schwergewichtsboxer in die Knie zwingen, ganz zu schweigen von einem gealterten Schauspieler.»

«Du bist etwas zu jung für mich, ich würde lieber –»

«In mir einen Vater sehen als einen Liebhaber.»

Ich lachte, und meine Anspannung löste sich allmählich, das machte nicht der Sex, sondern unser Gespräch, eines dieser scherzhaften und doch ernst gemeinten Gespräche, wie wir sie oft führten. Es war so, als hätte Zygmunt gesagt: «Das ist ganz mein Stil.»

«Ich habe dich immer ernst genommen, denn wie oft hast du aus einer ganz kleinen Passage etwas Eigenes gemacht. Immer war es für mich ein Wunder, wie du eins geworden bist mit deiner Rolle. Ich habe dich gesehen, wie du die Julia spieltest. Du warst diese zierliche Dreizehnjährige, du warst sie wirklich!»

«Eben, weil du mich nicht rechtzeitig aufgehalten hast.»

«Ich konnte es nicht.»

«Irgendwann war ich zu erschöpft. Es war, als hätte ich

alles von mir hergegeben, und so bin ich auf gewisse Weise gestorben.»

Er streichelte meine Wange.

«Liebes, das passiert jedem wirklichen Schauspieler, aber er regeneriert sich wieder, das ist der Lauf der Dinge.»

«Aber du hast mich das nicht gelehrt, und jetzt habe ich das Gefühl, ein Krüppel zu sein. Ich habe Angst, mir könnte plötzlich ein Arm oder ein Bein abfallen, weil sie nicht mehr zu mir gehören.»

«Oh Gott, Julia!»

«Hast du ‹Julia› gesagt?»

«Siehst du, du bist für mich Julia, diese zauberhafte Erscheinung.»

«Aber diese Julia macht dir zu schaffen.»

«Und die andere? Sie hat ihrem Romeo tödlich zu schaffen gemacht …»

Nun bin ich ihr in allem ähnlich. Es sei denn, ich erwachte aus meiner Lethargie, weil mein Geliebter glaubt, es sei noch nicht alles verloren. Und wenn er es nicht täte. Würde er dann auftreten wie jener andere? Und wie würde ich auftreten? Auf der Bühne so, wie es der Text des Stückes vorschrieb …

Nach dem Interview mit der polnischen Ausgabe des *Paris Match* hatten wir keine Ruhe mehr. Ständig wollten sich irgendwelche Journalisten mit uns verabreden. Wenn wir ablehnten, erschien ein von vorne bis hinten erfundenes Gespräch mit uns. Das machte mich so wütend, dass ich sogar eine Richtigstellung schreiben, die bunten Magazine vor Gericht bringen wollte, aber Zygmunt hielt mich davon ab.

«Das ist es nicht wert», sagte er.

Vielleicht, weil ich es war, die zu einer dummen Gans

gemacht wurde. «Alexandra Polkówna blickt mit Zygmunt Kmitas Augen auf die Welt!» Und wie war es wirklich? Mit wessen Augen blickte ich auf die Welt? Ich hatte Angst, mir das selbst einzugestehen und zuzugeben, dass die Grenzen zwischen Fiktion und Wirklichkeit für mich verschwommen waren. Zygmunt meinte, das sei Übermüdung und es sei das Beste zu verreisen.

Also verreisten wir. Nicht an einen warmen südlichen Strand, wie uns in dem illustrierten Blatt nachgesagt worden war, sondern an die Ostsee. Dafür wohnten wir in einem richtigen Schloss, das erst vor kurzen restauriert worden war. Es erinnerte ein wenig an ein Modell, aber unser Zimmer ging auf den Park hinaus, in dem fünfhundert Jahre alte Platanen wuchsen. Wir fuhren an den Strand, gruben uns eine Kuhle in den Sand und schützten uns mit einem gemusterten Schirm vor dem Wind und sonnten uns. Der Körper, mein Körper – er war noch jung und straff, begehrenswert... aber wie lange... Wann ist das vorbei? Wann war es für Elżbieta vorbei, nach dem zweiten Kind? Oder etwas später? Wann hatte sie entdeckt, dass ihr Körper ihm nichts mehr bedeutete? Wann hatte er begonnen, sich von ihr abzuwenden?

«Dein Bauch», hörte ich ihn flüstern, «erregt mich immer.»

Ein Schauer überlief mich wie ein kalter Hauch. Die Hand des Todes, dachte ich unsinnigerweise, das ist das Liebesgeflüster, und Liebe ist nicht weit entfernt vom Tod. Und wenn, sagte eine böswillige Stimme in mir. Und Julia? Wie nahe war ihre Liebe dem Tod, zu nahe...

Eine Gruppe, die sich wie wir in den Sand eingegraben hatte, kommentierte laut die Texte in einer Illustrierten. Wieder das. Ich konnte dem nicht entfliehen. Zum Glück war es diesmal nichts über mich. Eine neue Sensation, ein Opernsänger, ein feuriger Spanier, hatte sich in eine junge

Polin verliebt. Vermutlich ließ er sie übers Wochenende von einem Flugzeug abholen und war überhaupt vollkommen verrückt.

«Kein Wunder, dreißig Jahre Altersunterschied!», sagte eine Stimme.

Also immer dasselbe, die jungen Hormone, der Tausch eines alten Körpers gegen einen jungen. Nur ist das ein einseitiger Tausch, jung sind die Frauen, nicht die Männer. Und mich zog es durch Zufall mit hinein, der Altersunterschied stimmte, mehr nicht.

«Sie heißt Patricia», hörte ich.

«Dann ist sie wohl keine Polin.»

«Doch.»

«Ach, was soll's, wenn dein berühmter Tenor sich in eine Jadzia oder eine Zosia verlieben würde, das wäre was, aber in eine Patricia!»

Gelächter.

Hinter dem Schirm war es warm, ich spürte die Sonnenstrahlen auf meiner Haut. Ich hatte die Augen geschlossen und hörte das Rauschen der Wellen. Ich sollte mich entspannen, dazu war ich schließlich hier. Um an nichts zu denken. Und ich dachte doch... Ich wurde von zwei Frauengestalten verfolgt, von einer lebendigen Madeleine und einer Margarita ohne Gesicht. Dass ich sie nicht sehen konnte, war am schlimmsten. Vielleicht wollte ich es auch nicht. Vielleicht hatte ich Angst, sie könnte mir etwas wegnehmen, es könnte ein Unglück geben, wenn ich sie zu nahe kommen ließ. Niemand hatte sie bisher bemerkt, diese Angst. Aber wie lange kann man anderen etwas vormachen. Gleich nach den Ferien war Premiere, und ich musste als eine Gestalt auftreten, die ich bisher nicht hatte erschaffen können. Manchmal hatte ich einen Schimmer von dieser Figur, Hoffnung erwachte in mir und erstarb sogleich wieder. Wie viele Begräbnisse hatte ich in letzter Zeit durchgemacht – in jeder Probe eines... Und wenn mir wirklich meine Seele gestohlen worden war? Nur, welche von ihnen beiden war es gewesen?

Direkt vom Strand fuhren wir nach Jurata zu einer Kartoffelpufferbraterei. Dort gab es ausgezeichnete Kartoffelpuffer, die besten weit und breit. Offensichtlich hatten die Besitzer der kleinen Bude, in der nur zwei Tischchen Platz hatten, ein eigenes Rezept, für das Reiben der Kartoffeln oder für das Braten der Puffer, oder vielleicht auch für beides. Wir saßen an einem Tischchen und warteten auf die bestellten Portionen, neben uns ließ sich einen Gruppe junger Leute nieder, drei Mädchen und vielleicht sechs oder sieben junge Männer. Sie grölten herum, redeten dummes Zeug, lachten laut. Es ärgerte mich ein wenig, aber in meinem tiefsten Innern beneidete ich sie. Sie blieben eine Weile sitzen und flogen dann gleich wieder davon wie eine Schar Vögel. Ihnen genügte wohl ein Ast und ein bisschen Wasser. Aber ich... Ich hatte mich verkauft, und es war gleichgültig, ob der Preis stimmte. Nur die Tatsache zählte. Ich durfte mich also nicht mehr selbst belügen und mir etwas von Übermüdung und fälligen Ferien einreden.

«Woran denkst du?» Zygmunt schaute mich aufmerksam an.

Ich fühlte mich ertappt.

«Ich denke an...»

Plötzlich fühlte ich mich leer. Wusste nicht, was ich sagen sollte.

«Und woran denkst du?», fragte ich ihn endlich meinerseits, aber es klang irgendwie hohl.

«Dass ich Lust habe zu tanzen.»

«Was?»

Er lachte, als er mein Gesicht sah.

«Ich möchte mit meiner geliebten Frau tanzen.»

Meinte er denn wirklich mich? Dieser Gedanke verfolgte mich den ganzen Abend, bis spät in die Nacht. Zygmunt konnte mich dazu überreden, im Restaurant zu bleiben, obwohl auf dem Podium ein Orchester Platz nahm und einen Tanzabend bei Kerzenschein begann. Meist aßen wir zu Abend und flüchteten dann nach oben. Wir genossen hier größere Freiheiten als die anderen. Die Kellner ließen uns direkt vom Strand herein. Zygmunt trug kurze Hosen und ein Hemd, ich eine kurze Bluse und ausgefranste Jeans, an den Füßen Sandaletten, obwohl ab fünf Uhr nachmittags Abendkleidung vorgeschrieben war.

«Herr Kmita», sagte der Chef des Saals mit gedämpfter Stimme, «ich möchte Sie nur bitten, sich nicht hinzusetzen, denn sonst bekomme ich Unannehmlichkeiten von Seiten der Direktion.»

«Aber woher denn, meine Frau und ich werfen uns etwas auf den Grill und verschwinden dann sofort.»

Stets faszinierte mich seine lockere Art, mit Unbekannten zu reden. Ich konnte mir nicht vorstellen, dass ein Fremder mich so anredete. Vielleicht tat es ja deshalb auch niemand. Zygmunt dagegen war etwas wie ein öffentliches Eigentum. Leute, die ihm zufällig begegneten, sprachen ihn an, lächelten ihm zu. Auf diese Weise hatte ich erfahren, dass mein Mann beim Pferderennen wettete. Einmal kam eine zweifelhafte Gestalt auf der Straße auf uns zu und fragte Zygmunt, ob er am Samstag nach Służewiec komme.

«Julek, nicht in Gegenwart meiner Frau», scherzte Zygmunt, aber er war sichtlich verwirrt.

Später versuchte er sich damit herauszureden, dass er sich zur Entspannung Pferderennen ansehe – und nicht hoch setze.

«Es ist schließlich dein Geld, das du da ausgibst», sagte ich.

«Unser Geld», antwortete er verärgert.

Es lag ihm so viel daran, stets den Plural zu gebrauchen: wir, uns, mit uns. Während ich trotzig sagte und dachte: er, ich…

Ich versuchte alles Mögliche, um dieser Tanzerei zu entkommen. Aber ihm gelang es sogar, mein Hauptargument, ich hätte nichts anzuziehen, zu entkräften. Er griff in den Schrank und zauberte daraus ein Kleid für mich hervor. Es war aus ganz leichtem Stoff, hatte dünne Träger und ein tiefes Rückendekolleté.

«Woher?», fragte ich nur.

«Von der Weißen Dame», flüsterte er und schaute sich mit einem komischen Gesichtsausdruck um. «Auf mein Flehen hin hat sie dir ihr Kleid für diesen Abend geliehen.»

Und es stand mir gut. Das Weiß des Kleides hob sich schön von meiner Bräune ab. Ich steckte mein Haar hoch. Wir tanzten miteinander, sogar zum ersten Mal. Wir hatten auch beide einiges getrunken und achteten nicht auf die Blicke, die uns von den Nebentischen zugeworfen wurden. Die Ausländer, Deutsche vor allem, erkannten uns nicht, die übrigen Gäste sehr wohl. Sie starrten uns an, vor allem die Frauen, die mit dem geschmacklosesten Schmuck behängt und übertrieben geschminkt waren. Es waren Begleiterinnen der hier ansässigen Geschäftsmänner oder – wie man sie auch nennen könnte – der Männer in weißen Socken. Von ihnen ging der Geruch von Markenartikeln aus wie von übertrieben benutztem Toilettenwasser. Aber das alles ärgerte mich nur bis zu einem bestimmten Moment. Der Alkohol hatte mich locker gemacht, ich spürte ein angenehmes Säuseln im Kopf. Ich schmiegte mich beim Tanzen an Zygmunt, und wie einst, vor langer Zeit, fühlte ich ganz nahe seinen Herzschlag: ja, ja, ja... Ich antwortete in Gedanken: ja! Warum nicht? Ja! Und plötzlich stieg die Hoffnung in mir auf, dass alles wieder in Ordnung käme. Ich war sogar bereit, mich mit Margarita auseinander zu setzen. Meine Angst vor ihr schwand. Das Orchester spielte einen Tango. Zygmunt und ich führten einige Figuren aus, etwas übertrieben vielleicht, als ich plötzlich eine deutliche Stimme in mir hörte: «Das ist doch ein Tanz für zwei, nicht für drei...»

Aber die zweite Partnerin war schon gekommen, ich sah sie, wie sie sich durch die bunte Menge drängte. Sie zog die Aufmerksamkeit auf sich, denn sie trug das schwarze, von Madeleine Béjart geliehene Kleid. Wie hast du uns hier gefunden, wollte ich sie fragen, aber dazu kam ich nicht mehr, denn sie war mir plötzlich entglitten. Ich riss mich von Zygmunt los, stieß die Leute beiseite und begann, sie zu suchen. Dabei trat ich jemandem auf den Fuß, jemand anderen stieß ich mit dem Ellbogen. Einer kleinen Blondine zerstörte ich die Frisur. Ich sah ihr ungläubiges Gesicht, wollte stehen bleiben, konnte es aber nicht. Etwas trieb mich vorwärts. Ich musste sie finden. Die tanzenden Paare wichen mir aus, ich aber fegte durch den ganzen Saal auf der Suche nach der bekannten Gestalt im schwarzen Kleid. Schließlich hatte Zygmunt mich eingeholt und fasste mich hart am Arm.

«Was machst du da!» sagte er scharf, doch als ich ihn ansah, veränderte sich sein Gesichtsausdruck.

«Was ist geschehen?», fragte er erschrocken.

«Bring mich weg von hier...»

Er führte mich die Treppe hinauf, indem er mich wie eine Kranke um die Schultern fasste. Und so fühlte ich mich auch, meine Theaterkrankheit machte sich mit voller Wucht bemerkbar.

In dieser Nacht sah ich Elżbieta ein zweites Mal, diesmal

im Traum. Sie stand zum Greifen nahe vor mir in ihrem schwarzen Kleid. Ihr Gesicht war das einer Nonne.

«Warum ich nicht zur Premiere gekommen bin?»

Sie lachte, aber in ihren Augen lag eine unermessliche Traurigkeit.

«Weil ich Christus gewählt habe. An ihn habe ich meine Rolle abgegeben. Eine große Rolle. Gib zu, es war mein Stück und meine Rolle.»

«Ja», antwortete ich. «Und deshalb werde ich dich auch nie verstehen.»

Sie aber lachte noch immer.

«Schon gut...»

Nach dem Erwachen dachte ich über diesen Traum nach. So könnte es sein. Dieses Verzichten auf das, woran jedem Schauspieler am meisten gelegen ist – eine große Rolle zu spielen. Sie hatte diese Chance gehabt und hatte sie nicht genutzt. Sie hatte sich zurückzuziehen vermocht, ich konnte es nicht. Das war mein Drama.

Aber als ich mit geschlossenen Augen in unserer Sandkuhle hinter dem Sonnenschirm lag, kam mir in den Sinn, dass ihre Motivation auch eine völlig andere gewesen sein könnte. Bei der Generalprobe hatte Zygmunt plötzlich wirklich zu spielen begonnen. Alle hatten gesehen, dass die Gestalt des Molière, die er da schuf, echt war. Genau darum ging es im Theater: eine Fiktion so zu schaffen, dass ein Stückchen Wahrheit daraus wurde. Und das war sein echtestes Stück Wahrheit. Also wäre ihr Plan, ihn auf der Bühne zu übertrumpfen und zu vernichten, womöglich nicht gelungen. Sie hatte nicht zulassen wollen, dass er durch ihr Zutun endlich die Mittelmäßigkeit überwand. Das hatte sie nicht gewollt – und war deshalb nicht gekommen. So hatte er die Rolle seines Lebens nicht spielen können. In der veränderten Besetzung hatte niemand von uns geglänzt, wir alle waren wie ein Rumpf ohne Kopf, der sich zwar bewegte und gestikulierte, aber taubstumm war.

Ich wartete darauf, dass der Traum sich wiederholen würde. Er war mitten im Satz abgebrochen. Und ich wollte zu gern wissen, was sie mir zu sagen hatte. Was ihre Worte «schon gut» bedeuteten. Sie hatten sicherlich eine Bedeutung oder sollten ein außerordentlich wichtiges Bekenntnis einleiten.

Mit halb geschlossenen Augen betrachtete ich Zygmunt, er lag auf dem Rücken, das Gesicht der Sonne zugewandt. Auch er hatte das Recht, ihr die Schuld an der verdorbenen Premiere zu geben. Damals, bei der Generalprobe, als er die Worte des sterbenden Molière sagte: «Ich brauche Madeleine. Ich muss mich mit ihr beraten. Helft mir!», dachte ich schmerzlich, dass ich sie vielleicht aufgesucht hatte, weil ich von ihr dasselbe wollte. Ich wollte, dass sie mir einen Rat gab, wie ich den Mann wieder finden konnte, der mir verloren gegangen war und den sie so gut kannte. Und vielleicht hätte ich ihn auf der Bühne gefunden, wenn sie uns das erlaubt hätte, wenn sie damals nicht so plötzlich verschwunden wäre. Wie aktuell das ganze Stück war. Lagrange, oder eher sein Darsteller, rief: «Meine Herrschaften, fahrt bitte nach Hause. Bei uns ist ein Unglück geschehen.» Bei uns war tatsächlich ein Unglück geschehen, als der Regisseur in unsere Garderobe kam und mitteilte, dass sie nicht gekommen war.

So hatte sich das alles miteinander verwickelt, die Theaterstücke, die Worte. Ein Stück im Stück *Der eingebildete Kranke*. Zygmunts Studentin ruft: «Ich bin der medizinischen Fakultät lebenslänglicher Präsident.» (*Aus dem Boden tritt ein Ungeheuer hervor; ein Arzt von riesigem Wuchs.*)

Molière: Dieser Arzt reicht bis zum Range. Diener! *(Er läutet.)* Ich verliere den Verstand.

Und dann greift er plötzlich sich ans Herz und bricht auf den Brettern der Bühne zusammen.

Molière: Ich brauche Madeleine!

Genau, ruft Madeleine. Ruft sie!

Hinter dem Schirm nebenan spielten ein paar Leute Bridge.

«Zwei ohne Trumpf.»

«Pass.»

«Kreuz drei.»

Ich stützte mich auf die Ellbogen.

«Zygmunt… Ich glaube, ich will dich verlassen…»

Sein zur Sonne gewandtes Gesicht. Zygmunt ändert seine Position nicht. Er öffnet auch die Augen nicht.

«Ola, hör auf mit deinen Bußübungen.»

«Ich kann nicht.»

«Hör auf damit. Sonn dir lieber deinen Bauch.»

Die Bräune auf meinem Bauch ist noch nicht verflogen, die Sonne am Meer hinterlässt für lange Zeit Spuren auf der menschlichen Haut. Doch nur meine Haut trägt Spuren der Sonne. Innen ist es dunkel.

In Wahrheit fürchtete ich mich vor der Rückkehr nach Hause. Ich fürchtete mich vor der Bühne. So sehr, dass ich beim Anblick der Lichter vor mir dachte, das wäre ein guter Vorwand. Ein Aufschub. Ein Bein oder ein Arm im Gips… Ich wollte nicht, dass alles zu Ende ist. Nur einen Aufschub. Und endlich mit ihr sprechen. Ich hatte mir eine ganze Rede